O TRANSGRESSOR

O TRANSGRESSOR

Paulo Ribeiro

Contos

2017

KOTTER
EDITORIAL

Editor: Sálvio Nienkötter
Editora-assistente: Bárbara Tanaka
Projeto gráfico, diagramação e capa: Manoela Leão
Revisão: Germano Weirich

Dados Internacionais de Catalogação na Publicação (CIP). Andreia de Almeida CRB-8/7889

Ribeiro, Paulo
O Transgressor / Paulo Ribeiro. – Curitiba : Kotter Editorial, 2017.
232 p.

ISBN 978-85-684-6241-6 | Kotter Editorial

1. Contos brasileiros I. Título

17-1087 CDD B869.3

Texto adequado às novas regras do acordo ortográfico de 1990, em vigor no Brasil desde 2009.

Kotter Editorial Ltda.
Rua das Cerejeiras, 194
CEP: 82700-510 - Curitiba - PR
Tel. + 55(41) 3585-5161
www.kotter.com.br | contato@kotter.com.br

Feito o depósito legal
1ª Edição
2017

Este livro é dedicado aos filhos e filhas de mães solteiras que o lerem.

SUMÁRIO

Um transgressor

É de Milan Kundera, em seus ensaios de *A Cortina*, a afirmação de que há coisas que "só o romance pode dizer". Ao contrário das ciências, que buscam sempre a regularidade dos fenômenos, a ficção se fixa no caso individual, de preferência naquele que rompe com a regularidade. Naquele que pratica alguma forma de transgressão das regras estabelecidas pelas instituições, em especial de regras não declaradas de instituições também não nominadas. É contra essa "ditadura" das regras de comportamento que as narrativas de ficção se opõem, em histórias que podem ter o tom da tragédia, da comédia ou do drama.

E como o romance, ou o conto, podem dizer o que nenhuma outra forma de linguagem consegue? Como não são obrigados a colocar balizas de datas e de lugares no que narram, nem se submetem às barreiras da linguagem, podem ir direto ao que Kundera chama de "adentrar a alma das coisas". Para isso, o escritor deve se despojar de todo uniforme de partido ou de crença e deixar as personagens falarem por si.

É esse "adentrar a alma das coisas" que Paulo Ribeiro realiza nos contos de *O Transgressor*. O primeiro deles leva o leitor a ver o mundo como ele é percebido por um "filho de mãe solteira", para ficar com o eufemismo da dedicatória. O sentido do trágico está presente nesse conto. Como afirma Kundera: "Liberar os grandes conflitos humanos da interpretação ingênua entre o bem e o mal, compreendê-los sob a luz da tragédia, foi uma imensa realização do espírito humano; fez aparecer a relatividade fatal das verdades humanas". A contenção da narrativa em terceira pessoa transborda no momento em que Cacambo, na "Planilha 8", se mostra em pessoa, dando ao conto a carga emocional latente em toda situação narrada, ostentando o herói da tragédia.

A narrativa inteira vai realizando transgressões, de que a linguagem utilizada é um espelho que reflete o confronto com a família, com a escola, com a igreja, com o mundo político. Esse conto faz-me lembrar o romance vencedor do Prêmio Goncourt de 2014 (*Paspleurer*, de Lydie Salvayre), em que o plano da linguagem popular, ou vulgar, se entrecruza sem nenhum escrúpulo com o discurso erudito e formal.

Outra característica destes contos, seguindo uma tendência contemporânea, é a de não deixar claramente delimitada a fronteira entre ficção e documentário. Mesmo em *Os Pássaros de Ícaro,* que poderia dar asas ao puro imaginário, a anotação de mil pequenas realidades aflora a todo instante. O conto *Lazarus,* que mostra um pintor fissurado por Schopenhauer, cria um terceiro elemento entre a realidade e sua representação em palavras: a imagem. O elenco de "Telas", relacionado na segunda parte do conto, termina sendo uma coleção inteira de contos. Aliás, a imagem da coletânea poderia ser transferida para o conjunto todo das narrativas desta obra: o autor apresenta-se como um "colecionador" de memórias, organizadas em "telas" e em "planilhas".

As mãos trêmulas do aeiou deixa bem claro o papel da memória que rege as narrativas de Paulo Ribeiro, por mais (ou menos) disfarces que ele utilize. A retrospectiva histórica da Usina dos Touros, com o quadro de suas grandes nevascas, a de 1942 e a de 1965, tem uma força contundente em sua reconstrução de material deixado pela memória.

O cabelo de Dalila, conto que encerra esta coletânea, reserva uma surpresa para o leitor: tem o tom plácido e leve de uma elegia, também construída com recortes de memória, com um desfecho digno do clima construído.

Em suma, sob muitos aspectos está presente nestes contos a experiência humana da transgressão. Mas a transgressão é também um passo necessário para a inovação. Toda nova verdade é em algum grau transgressora da preexistente.

José Clemente Pozenato

CACAMBO

Que país é este, diziam ambos, desconhecido do resto da terra, e onde a natureza é de uma espécie tão diferente da nossa. Provavelmente, é o país onde tudo vai bem; pois é absolutamente necessário que exista um dessa espécie.
(Diálogo entre Cândido e Cacambo)

Voltaire, *Cândido – ou o Otimismo*

PLANILHA 1

Lançamento: As coisas pelo meio da Oracília que usava a Razão
Saldo: De como o humor sarcástico esbarra sempre na mãe

— Filho da puta — gritavam os seus colegas de colégio por trás do muro.

— Filho da puta — ousou um deles em plena marcha de um Sete de Setembro em frente ao pavilhão.

A professora Lazinha tinha uns cinco filhos da puta na turma.

"Ah, não estudei. Não vou fazer prova".

Ela não devia aguentar aquilo, ela devia dar castigo, mas nunca se atreveu. Mandasse escrever 100 vezes "Eu sou Filho da Puta!". Seria uma tirada de letra, uma coisa sardônica, sarcástica, humor satírico até.

Mandasse escrever 100 vezes "Eu sou Filho da Puta!". Ele estava preparado para aquilo e ia cumprir.

Ora, onde ficou o respeito? "Não estudei. Não vou fazer"? Onde é que ficou o respeito, a ética, a consciência de quem estava ali para aprender com o educador?

Nossa! A turma fazia balãozinho dentro da área na sala de aula na frente dela.

Que futuro teria o Brasil hein?!

É o que vamos ver. Vamos ver o que a puta gerou, seu funesto padre que o batismo lhe negou.

Vamos começar com mulher pelada. Uns certos guris costumavam destacar as páginas da revista Playboy e dependuravam nos galhos do pessegueiro da Dona Oracília.

Depois, tocavam a campainha e ela já sabia "quem é". Eram eles de novo com a folia de mulher.

Dona Oracília espiava no olho mágico no alto da porta e, como eram guris, nunca enxergava o rosto, a tez, a feição daqueles "marginais".

Até que Dona Oracília, de tanto pensar, usou a Razão, e resolveu: mandou trocar o olho mágico para o meio da porta e acabou com as "depravadas" da Playboy.

Nunca mais em seu pessegueiro apareceu foto de mulher, de Tássia Camargo, de Lídia Brondi e todas as mais. E o mundo no Bonja então passou a ser visto assim: meio pelo meio, apenas com mais Razão.

Mas preservando o humor. Ah, o humor. Mesmo sendo um filho da puta você jamais pode perdê-lo. O humor satírico, o humor devastador. O olho mágico da Oracília foi a formação de cada um deles: meio pelo meio.

As coisas ao meio, mas estando tudo bem.

Um amor, um beijo, uma trepada ao meio e estando tudo bem.

Era a coisa mais triste ouvir os gemidos de sua mãe com seus homens na cama. Era a coisa mais triste do mundo, um negócio filho da puta namorar.

PLANILHA 2
Lançamento: De como Cacambo ficava no time dos FDP
Saldo: Um homem sem filho não é completo

Nas aulas de Educação Física, o professor dividia os times pro Futebol de Salão:

os "obedientes", os "comportados", os "gremistas" e os "inteligentes".

Ele ficava nesse último time aí. E notava que havia pro seu lado mais quatro filhos da puta como ele.

Por que não colocava de vez o nome do time de "Os Filhos da Puta"? Já tinha a sigla. FDP. A grudariam no peito com satisfação. E fariam até uma flâmula, com uma cor bem arroxeada, com contornos de crochê. Em letras vermelhas, bem no centro, o "efe", o "pê". F. P. Futebol Clube.

Mas, aula de "educação" física aquilo?!?

Baixavam o pau nos obedientes, nos compenetrados, aqueles filhos de boa mãe ali.

Gremistas e colorados que fossem tomar no cu. O time dos filhos da puta era o Bangu. O Bangu do Rio. E o goleiro deles era do América também do Rio.

Um filho da puta nunca será fiel. Mas o goleiro deles, falso, falso, dizia que era por causa do Tim Maia. Eles gostavam já naquele tempo do Tim Maia pra chuchu:

Vou ver Cristina
Vou ver Cristina
Nãnãnãnãnããã...
Meu caminho é ida sem volta
Uma estrela amiga me guia
Minha asa presa se solta
Eh!
Vou ver Cristina
Vou ver Cristina.

E nada de namorar.

Ele chegava na casa da sua namorada e o pai dela olhava na janela sem abrir a porta. Ele só lhe dizia: — Ah, é você.

— Estela, aquele cara taí na frente — ele gritava pra dentro da casa.

E então aparecia Estela na porta. Descia a calçadinha do jardim e vinha até o portão. De minissaia, uma sandalhinha de índia e uma camiseta de algodão bem justa.

— Ricardo. Você veio mesmo? Você disse que não tinha coragem de vir.

Ele não tinha coragem mesmo. Para um filho da puta bem novo ainda fica difícil até explicar. Como é que aquela menina mais linda da rua queria lhe namorar? Ela não tinha vergonha na cara, como o pai dela dizia, "namorar isso aí?!".

— Me esqueci que hoje tinha prova, professora. Não vou fazer. Faço amanhã.

— Que faço amanhã, Ricardo!? Não seja ingênuo. Você parece o Cacambo.

— Quem é Cacambo?

— Ahãi, Cacambo é você. Deixa pra lá.

A professora Lazinha até tinha vontade de lhe chamar de "isso aí", "daquilo lá", mas ela se continha, diziam que ela dizia que tinha medo de lidar com a meia dúzia de filho de puta que naquele ano ela pegou.

E eram filhos da puta mesmo. Dizem que ela sabia da vida deles melhor que os próprios.

É que ser um filho da puta é não ter um pai certo, é nunca ter nem um pai, nunca ganhar flâmulas. A pazinha de praia que não existe, ninguém para te ensinar a jogar snooker, jamais ouvir "vem cá, guri"!

Ele era muito emotivo por isso. Aqueles gemidos da sua mãe na cama lhe deixaram assim e ele nunca se sentiu completo como ser humano.

É papo-furado quem diz que não se importa se tem pai ou não. Ele queria ter um pai e por parte do pai a sua tia, as suas primas; já pensou você chegando em casa e nunca ter um abraço de pai na hora de chegar?!

Filho da puta. Filho da puta que não lhe assumiu!

Mas, quem era ele?

Quem era ele que devia fritar um ovo, que não frita até hoje. Quem era ele que nunca disse pros seus amigos, Pedro, Melissa, venham brincar com o Ricardo de tarde. Podem vir. E que dissesse isso com sotaque de amor.

Este seu pai que nunca soube quem era entre uns quinze morrerá preocupado com o quê?

Um filho da puta nunca tem colo, nunca tem joelhos pro cavalinho cataplá!

— Um filho da puta desses não me esquece de estudar?! — dizem que a professora Lazinha dizia na hora do Cafezinho das Dez.

PLANILHA 3
Lançamento: A maneira de trabalhar de gravata no escritório
Saldo: De como Cacambo comprou um fusca 1974 usado para fazer "aquelas coisas"

Como ele ia contar para a professora Lazinha que, ao invés de estudar, tinha ficado pegando nas coxas da Tela ontem à noite até o pai dela vir na janela gritar com aquela pouca-vergonha? "Tá na hora de dormir!".

— Cadê a gravata, Palhano?

— Esqueci, chefe. Pode me chamar de filha da puta que não tem ninguém aqui.

Neste escritório, também filho da puta de trabalhar, ele começou.

E não é que bem naquele ano o filho da puta do Sérgio Sampaio tinha feito a melhor canção:

O triste nisso tudo é tudo isso
Quer dizer, tirando nada, só me resta o compromisso
Com os dentes cariados da alegria
Com o desgosto e a agonia da manada dos normais.
O triste em tudo isso é isso tudo
A sordidez do conteúdo desses dias maquinais
E as máquinas cavando um poço fundo entre os braçais,
eu mesmo e o mundo dos salões coloniais.
Colônias de abutres colunáveis
Gaviões bem sociáveis vomitando entre os cristais
E as cristas desses galos de brinquedo
Cuja covardia e medo dão ao sol um tom lilás.
Eu vejo um mofo verde no meu fraque
E as moscas mortas no conhaque que eu herdei dos ancestrais
E as hordas de demônios quando eu durmo
Infestando o horror noturno dos meus sonhos infernais.
Eu sei que quando acordo eu visto a cara falsa e infame
como a tara do mais vil dentre os mortais
E morro quando adentro o gabinete
Onde o sócio e o alcaguete não me deixam nunca em paz
O triste em tudo isso é que eu sei disso
Eu vivo disso e além disso

Eu quero sempre mais e mais.
Mais e mais...

E foi quando ele comprou um fusca usado.

— O filho da puta não me compra um fuca usado — o pai da Rosa dizia. O pai da Rosa usava muito camiseta regata e a Rosa já era a sua namorada mais firme. A Tela, coitadinha, foi só uma menina corajosa que lhe deu amor e carinho e que ele nunca esqueceu as suas sandalhinhas de índia. Nem fazer "aquelas coisas" eles chegaram a fazer.

E "aquelas coisas", agora com o fusca, era o que ele e a Rosa mais aproveitavam pra fazer.

Como é bom trepar com a namorada apaixonada no meio do mato, no meio do campo bem ensolarado, trepar debaixo de chuva, trepar numas cachoeiras, trepar em tudo o que fosse de porteira de fazenda aberta que o fusca passasse. Era o que eles mais gostavam de fazer. Trepar e trepar bem gostosinho no interior de Bom Jesus.

— Cacambo. Eu amo você — a Rosa lhe dizia e a cada lírio que se abria no sol ele a penetrava. Colocava seu pau dentrinho, dentrinho da buceta dela.

Enquanto eles faziam aqueles movimentos gostosos do papai-mamãe em sua foda de apaixonados, ele sussurrava meio sem querer.

— Me dá um filho! Me dá um filho!

— Você está louco — ela às vezes até interrompia o coito para lhe encher de explicações.

— Cacá — ela lhe chamava de Cacá quando queria lhe convencer. — Eu tô tomando pílula anticoncepcional.

E ele acabava deitado na grama com as mãos feito travesseiro pegando o melhor que podia do sol na cara.

E depois eles se vestiam e voltavam pro seu fusca branco de segunda mão 1974.

PLANILHA 4

Lançamento: De como Cacambo aprendeu que o otimismo não servia
Saldo: A forma como as desgraças maiores existem para se suportar as menores

Cacá. Cacambo.

Ele era decerto Cacá pela putamice de sua mãe que escolheu esse Ricardo. E ele era Cacambo por culpa do apelido da professora Lazinha, que inventou de dizer aquilo na aula e os seus colegas logo pegaram. Decerto ele tinha cara de idiota mesmo, era um ingênuo, honesto, baixava a cabeça no escritório e se tornava o melhor em mecanografia.

Aqueles folhões de Ativo e Passivo, de Débito sai, Crédito entra, ele datilografava em cifras que lhe tomavam o dia inteiro.

Ele era um escravo do escritório com a maior boa vontade. O seu chefe, que os queria de gravata, era o seu amo. Ele ouvia o Sérgio Sampaio e adorava a música crítica dele. No fundo, ele não era otimista. Ele se achava um baita de um merda, mas como era falso, ele progredia. Pois tudo estava bem.

— O que é o otimismo? — dizia Cacambo.

— Ah — disse Cândido —, é a fúria de sustentar que tudo está bem quando tudo está mal.

Ele tinha instalado um som no seu fusca e botava uma fita cassete com o som que mais gostava para esquecer da pílula da Rosa, para esquecer os Balanços Semestrais dos mercadinhos do Bonja, para esquecer que ele era um filho da puta com um espírito de jovem e entrando na idade adulta.

Enfiava o dedo indicador com força no aparelho de som e começava a tocar *Long Train Running*, do The Doobie Brothers, sem estar chapado. Só a música já lhe chapava e ele acelerava muito. Saía cidade afora, ia pra estrada de chão batido e queria só tomar vento no rosto. Andava a quase 100 por hora naquele fusquinha e repetia, repetia, repetia *Long Train Running*. Guitarras, guitarras, um ritmo a toda velocidade, a percussão, o baixo, The Doobie Brothers. Metade dos anos 70 e estava tudo muito bem para uma cidade de alienados.

Um deles, de gravata como ele no escritório, quase a mesma idade, morreu de repente com leucemia. Foi uma coisa triste aquilo com o Telmo, que sempre foi mesmo muito branco, mas ninguém desconfiava. Até se brincava que ele devia tomar vinho tinto, vinho tinto de garrafão da pior espécie.

Branco. Branco. Branco como os pés da Virgem Maria velaram o Telmo. Uma tragédia para quem trabalhava só em cinco e no dia seguinte estaria só em quatro com aquela maldita cadeira e mesa sem o Telmo.

As pequenas desgraças, ele leu no *Cândido*, são o que compensa a existência das grandes tragédias. 1974 estava sendo um dos anos mais violentos da Ditadura Militar Brasileira. Haviam encontrado o Vladimir Herzog enforcado na cela do Dops, enforcado feito um Doutor Pangloss.

O pai de Rosa trabalhava no DAER, que cuidava da conservação das estradas. E o patroleiro de camiseta regata e sempre suado acabava de ser transferido. Era a segunda pequena desgraça no seu ano e estava tudo bem. As praias do Brasil ensolaradas, salve, salve!

— Tudo está bem. O Brasil é um Eldorado. Usem gravatas. Eu não vou colocar ninguém no lugar do Telmo, porque o Palhano já pode fazer também o serviço dele agora. Já aprendeu, já sabe.

El gran hijo de una putana era este seu chefe.

Rosa foi embora lhe amando.

Sua mãe foi operada da hérnia.

A Missa de Sétimo Mês pelo Telmo.

O Bar do Kaskata fechando.

"As desgraças particulares fazem o bem geral, de modo que, quanto mais desgraças particulares, maior o bem geral".

(*Cândido*, de Voltaire).

(*Long Train Running*, The Doobie Brothers).

Nascer filho de uma mãe solteira, analfabeta, lavadeira de pratos em hotel. Ter seu batismo negado e ter talento para o sexo e o humor ainda?!

Ele era isto.

E tudo estava bem. Estava ocorrendo um êxodo de mundão de gente se indo embora pelo fim da madeira. Gente de quem nunca se tinha ouvido falar. É só de 100 em 100 anos que acontece. Ora ter tudo isto na palma de tua mão!

— Aproveita, Cacambo. Continua mais um pouco no escritório e depois vai pra Porto Alegre, vai estudando em frente.

PLANILHA 5

Lançamento: o castigo de Dona Lazinha
Saldo: Bebam as cumeeiras a água da chuva que ele era filho da puta 100 vezes e o Cacambo do Voltaire

A professora Lazinha lhe dizia: olha, quem era um guri criado em hotel dos outros, por uma mãe solteira que lavava pratos e não sabia nem escrever o nome, ele tava indo muito bem. Já tinha o escritório que ele já ajudava, era otimista, aprendia fácil, e foi por isso que ele pôde comprar o fusca.

E comprou o fusca sem roubar de ninguém coisa que não fosse fruta.

— Sai daqui, seu filho da puta! — o dono do caminhão carregado de bergamotas debaixo de uma lona gritava comigo no estacionamento do hotel. Como é que aquele velho corno naquela idade ainda não tinha ido dormir!? Ia querer que a gurizada fosse roubar as bergamotas dele decerto que de madrugada!? E as aulas amanhã bem cedo!? E a prova da Lazinha que ele ia dizer que "esqueci" e não ia fazer!?

Nunca roubou nada. No escritório todos viam. Só roubar bergamotas ou peras das freiras não era roubo.

Nunca roubou nada de valor, dinheiro, valor em papel de banco, riqueza, só "pegava" bergamotas, no modo de se dizer. E uma vez, até congestão de bergamota ele teve.

E veio então a puta lhe dar chá de sei o que era aquilo, macela colhida nos finados, a puta que o pariu.

Vomitou na cama inteira, cama, lençol, travesseiro, vomitou por cima de um rádio velho ainda daqueles de madeira onde ele escutava a Rádio Jornal do Brasil.

As músicas eram selecionadas a dedo: MPB da melhor e jazz. Frank Sinatra, sempre.

Ele tapava a cabeça com as cobertas pra se proteger do frio que entrava pelas frestas da casa deles de madeira, coberta de tabuinhas, em cumeeira, que era humilde, sim. Paredes pintadas de cal. Entre as paredes os gemidos de sua mãe a "fazer amor" por dinheiro.

Era sala, o quarto dela, o seu quartinho e a cozinha aonde ela vinha fazer a higiene depois de foder.

Eu sou Filho da Puta.

Eu sou Filho da Puta.

Eu sou Filho da Puta.

Eu sou Filho da Puta.
Eu sou Filho da Puta.
Eu sou Filho da Puta.
Eu sou Filho da Puta.
Eu sou Filho da Puta.
Eu sou Filho da Puta.
Eu sou Filho da Puta.
Eu sou Filho da Puta.
Eu sou Filho da Puta.
Eu sou Filho da Puta.
Eu sou Filho da Puta.
Eu sou Filho da Puta.
Eu sou Filho da Puta.
Eu sou Filho da Puta.
Eu sou Filho da Puta.
Eu sou Filho da Puta.
Eu sou Filho da Puta.
Eu sou Filho da Puta.
Eu sou Filho da Puta.
Eu sou Filho da Puta.
Eu sou Filho da Puta.
Eu sou Filho da Puta.
Eu sou Filho da Puta.
Eu sou Filho da Puta.
Eu sou Filho da Puta.
Eu sou Filho da Puta.
Eu sou Filho da Puta.
Eu sou Filho da Puta.
Eu sou Filho da Puta.
Eu sou Filho da Puta.
Eu sou Filho da Puta.
Eu sou Filho da Puta.
Eu sou Filho da Puta.
Eu sou Filho da Puta.
Eu sou Filho da Puta.
Eu sou Filho da Puta.
Eu sou Filho da Puta.
Eu sou Filho da Puta.

Eu sou Filho da Puta.
Eu sou Filho da Puta.
Eu sou Filho da Puta.
Eu sou Filho da Puta.
Eu sou Filho da Puta.
Eu sou Filho da Puta.
Eu sou Filho da Puta.
Eu sou Filho da Puta.
Eu sou Filho da Puta.
Eu sou Filho da Puta.
Eu sou Filho da Puta.
Eu sou Filho da Puta.
Eu sou Filho da Puta.
Eu sou Filho da Puta.
Eu sou Filho da Puta.
Eu sou Filho da Puta.
Eu sou Filho da Puta.
Eu sou Filho da Puta.
Eu sou Filho da Puta.
Eu sou Filho da Puta.
Eu sou Filho da Puta.
Eu sou Filho da Puta.
Eu sou Filho da Puta.
Eu sou Filho da Puta.
Eu sou Filho da Puta.
Eu sou Filho da Puta.
Eu sou Filho da Puta.
Eu sou Filho da Puta.
Eu sou Filho da Puta.
Eu sou Filho da Puta.
Eu sou Filho da Puta.
Eu sou Filho da Puta.
Eu sou Filho da Puta.
Eu sou Filho da Puta.
Eu sou Filho da Puta.
Eu sou Filho da Puta.
Eu sou Filho da Puta.
Eu sou Filho da Puta.

Eu sou Filho da Puta.
Eu sou Filho da Puta.
Eu sou Filho da Puta.
Eu sou Filho da Puta.
Eu sou Filho da Puta.
Eu sou Filho da Puta.
Eu sou Filho da Puta.
Eu sou Filho da Puta.
Eu sou Filho da Puta.
Eu sou Filho da Puta.
Eu sou Filho da Puta.
Eu sou Filho da Puta.
Eu sou Filho da Puta.
Eu sou Filho da Puta.
Eu sou Filho da Puta.
Eu sou Filho da Puta.
Eu sou Filho da Puta.
Eu sou Filho da Puta.
Eu sou Filho da Puta.
Eu sou Filho da Puta.
Eu sou Filho da Puta.

Ele pensava que a professora Lazinha ia lhe dar de castigo escrever 100 vezes "Eu sou filho da puta". E ele tapava a cabeça com as cobertas. Ele vomitava. Uma gosma, azia, baba ácida e o risoto do meio-dia. Ele tinha umas tonturas esquisitas e sua mãe se assustava. Ele passava muito frio na casa em que cresceu.

Seus dentes rangem. Rangem seus dentes e uma nuvem passa bestamente, bestamente bom-jesuense, para toda aquela inutilidade no escuro. Para aquela inutilidade cheia de cobertas, a inutilidade dos olhos abertos antes de dormir.

Para que o frio?, se perguntava tapado até o pescoço.

Para que a neve que se aproxima com os pés sem aquecer?

E é quando rangiam de frio, eram uns pés frios, rangiam contra o progresso. Há anos ouviam o vento tapados e naquela insônia rangiam, rangiam, seus dentes ainda rangem e com o vento que sopra levam uma vida inteira a ranger.

E morrem tapados até o pescoço. É a sua forma de dormir: rangem quando morrem de frio e rangem as gavetas, rangem seus dentes, rangem documentos, velhas fotos, range de frio um sutiã da amada que restou.

Sua mãe está sepultada em Bom Jesus.

Seu ranger de coração em seu túmulo. Não reza. Range sua saudade. Ele range o seu nome bem triste. Range se lembra a casa deles e um casacão lhe tapa até o nariz: visita sua mãe rangendo de frio, rangendo de saudade ele repassa os túmulos, túmulos, montes de terra que nem túmulos são. É o Juventino da Lôra que identifica por ali.

O Esnilzo que era o da Cláudia será que morreu?

O Armazém do Seu Candiago morreu de frio. Quem zelava por todas as lápides chamava-se Azul. Lá no Bonja também se diz "azul de frio". Quando rangem seus dentes com carinho, quando rangem com carinho, rangem assim: Bonja!

Bonjalita!

Rangem de frio. Eles tapam até ao pescoço até um boneco de frio. Um boneco feito de neve, só de neve da cabeça aos pés. Só o nariz é uma cenoura fincada no meio do bochechão.

Ah, a saudade range!

Ah, cada lágrima range!

São filhos de pais e mães, de mães sem maridos do frio.

Há um Bonja que range de frio em Las Vegas. Há um Bonja que range de frio em Santa Mônica. Só não há um Bonja encoberto até o pescoço em toda a Bahia sem frio.

E tome vento, umidade, céu que escurece. E a saudade de um pão de milho e a alma do Bonja que é uma lágrima também encoberta tapada até o pescoço ainda bem.

A vaca no campo range. Range um flagrante bem lavrado no Plantão da Civil.

Bom Jesus. A Bonja sepultada. A Bonja de uma cela solitária a pingar a água mais fria da vida na cabeça de conterrâneo seu.

Um pingo d'água mal-intencionado é o maior ranger.

Um pingo de água benta negado é deixar de batizar.

Lhe negaram o batismo e mesmo assim não rangeu, amou.

Amou em troca que é o pior ranger.

Amou a Bonja de sua infância: a calçada de nós de pinho, as cumeeiras e tabuinhas e a sua falta de pai também.

Mas, haveriam de ranger outros dentes com a derrubada dos casarões e não rangeram.

Não rangeram, não fizeram a poesia, nem o Réquiem:
Desmanchem o casarão do Bonja
Derrubem as paredes
Arranquem o zinco
Arrastem a cerca
Puxem com força as aberturas
Tábua a tábua desçam abaixo tudo
Tudo, Tudo, casarão agonizante!
Desmanchem o casarão do Bonja
Derrubem a nossa Cultura
Arranquem uma lágrima de cada um de nós
Arrastem com nossa saudade
Puxem com força o nosso orgulho
Tábua a tábua deixem nossa memória mais pobre
Toquem o réquiem para uma casa que morre numa rua solitária e triste!

Mas não fizeram o réquiem, não fizeram a poesia e nem rangeram. Não rangeram outros dentes com a madeira levada do maior território de araucária da história gaúcha. Só os políticos disseram de mentira "ranjam!, ranjam muito", porque faliram com Bom Jesus.

Ele nunca aprendeu com político. Sem pai, sem mãe, ele aprendeu que Bonja é um "buenas noches" de um velho faroeste. É Malagueña Salerosa em sua saudade no frio, a saudade parecida em cada filha e neta sem pensão.

A Bonja caxiense, a Bonja com "auxílio-creche" federal.

A sua Bonja em todo o mundo. Bonja Mondo até o pescoço. Até o pescoço mas não como água a matar, mas a morrer de frio.

E morrem. Morrem de frio todos os anos, rangem de frio todos os anos. São dentro deles casa de pau, calçada de nós de pinho, a alma do Bonja por cada lágrima encoberta range de frio, range, range.

Ah, e as cumeeiras que lá ficaram que bebam chuva!

É um filho da puta a bradar.

— Eu sou Filho da Puta!

— Eu sou Filho da Puta!

— Eu sou Filho da Puta!

— Eu sou Filho da Puta!

— Eu sou Filho da Puta!

— Eu sou Filho da Puta!

— Eu sou Filho da Puta!

— Eu sou Filho da Puta!
— Eu sou Filho da Puta!
— Eu sou Filho da Puta!
Bebam chuva!

Bebam chuva com o vento que vem de Jaguarão. Vento uruguaio. Vento com um dia de atraso em seus terrenos baldios.

E Bom Jesus então é só paisagem com o vento Minuano a assoviar: é a canção mais triste, mais triste, mais triste que Cacambo já ouviu. E toda aquela paisagem de capão, campo e mato é merdinha pro seu imenso coração.

Bonjario. Bonja!

Muda de planta linda. Muda de copos-de-leite na colina, da macela sendo colhida para o seu vômito, cidade Noiva do Sol.

Pôs uma flor de neve no boneco de neve que fez de sua mãe. E range de tristeza com uma cor anestesiada que adquiriu. E se tapa até o pescoço, e se tapa até o pescoço, ele tapa a cabeça e o rosto como forma de esquecer: ele quer esquecer nas dobras de sucesso que a professora Lazinha previa de seu futuro, ele quer esquecer 100 vezes aquele ressoar.

— Eu sou Filho da Puta!
— Eu sou Filho da Puta!
— Eu sou Filho da Puta!
— Eu sou Filho da Puta!
— Eu sou Filho da Puta!
— Eu sou Filho da Puta!
— Eu sou Filho da Puta!
— Eu sou Filho da Puta!
— Eu sou Filho da Puta!
— Eu sou Filho da Puta!

Ele quer esquecer o seu Bonja Mondo lhe tapando até o pescoço, este truque que inventou: a morte do frio terá um horário por si e começará então o Verão.

Não. Nem sua mãe e nem a professora Lazinha eram mulheres más. Sua mãe lhe dava chá de macela para sarar da ânsia, das entranhas que lhe vinham boca afora naquele pavoroso vomitar com tontura esquisita. Dona Lazinha, por sua vez, lhe deu de presente o *Cândido* de Voltaire.

E lhe deu Porto Alegre. Foi morar em Porto Alegre numa República de Estudantes ligada à igreja católica justamente por intermédio da professora Lazinha.

PLANILHA 6

Lançamento: A Guerra das Malvinas
Saldo: o calorão D'Oporto ensopa a camisa e o amor

Ele era agora D'Oporto. Ai, se soubessem aqueles caras, de Uruguaiana, São Borja, Maravilha, Ibirubá, São João da Urtiga e Canela, que ele era filho da puta.

Em Porto Alegre ele nem mais filha da puta era.

Na Rua da República arborizada ele sentia aquele bafão de janeiro e quase morria. A cidade mais quente do mundo é Porto Alegre. Os lençóis grudam no corpo na noite mais longa do mundo insone. Mas estava tudo bem. Não podia existir lugar melhor no mundo do que aquele Eldorado com estátua do Paixão Côrtes segurando um laço.

Está tudo bem. Aquilo era bom e era muito bom passear nos domingos à tarde no Parque da Redenção dando pipoca aos peixes no laguinho.

Trabalhar em banco. Fazer faculdade de padres à noite. Pagar para estudar metafísica, metafísica, otimismo a 1 mil e 200 paus.

Pagava as aulas de religião, volta para a República e ia tentar dormir com o calorão, pulgas, piolhos e percevejos. O ralo do banheiro estava há séculos trancado e, à medida que se abria o chuveiro, a água crescia proporcionalmente de baixo pra cima até o meio das canelas.

A padaria cortou o nosso pão e leite "fiado" marcadinho num caderno. O aluguel, há anos num juizado, ia acabar em despejo. Mas ouviam Mercedes Sosa. Muitos, 99%, fumavam maconha e estava tudo bem. Numa *nice*.

"As desgraças conferem direito".

De repente, começaram a chegar na JUC, Casa 7, a nossa República, montes de jovens da Argentina. Eram jovens com 19, 20 anos como eles, que fugiam da Guerra das Malvinas. Outros, como eles, estavam sendo estraçalhados pela artilharia inglesa nas Falklands. E muitos mais morriam tão somente de frio, dada a precariedade das Forças Armadas hermanas.

O que era um percevejo ou piolho diante de tal confronto?

Tudo estava bem e eles saíam com os argentinos para assistir aos shows do Nei Lisboa, do Nelson Coelho de Castro. Jantavam sempre com eles no bandejão da UFRGS.

Não. Nem brasileiro ou argentino ali queria filhos. E era uma fodeção geral na casa com 44 caras no ápice da fertilidade soltos na noite da Cidade Baixa.

Ele nunca ouviu um "Dame un hijo" daqueles argentinos borrados.

Sim. Borrados. Não se foge da guerra, quando temos para nós as desgraças particulares.

A puta havia morrido. Teve de voltar numa madrugada às pressas, de táxi, para ainda ver e ouvir os últimos atos da sua saudosa e querida mãe.

O Azul pedreiro tirando as medidas dela logo depois que ela olhou Cacambo pela última vez e fechou os olhos castanhos. Tudo estava bem.

O cemitério de Bom Jesus é num morro. Todos os túmulos em declive e o Azul trabalhava com o corpo também. Em declive lhe deu a notícia: era um "plano" dele com todos — mas só abria cova ou fazia túmulo de rico se pagassem adiantado.

Sem pai. Agora sem mãe e sendo extorquido. Estava tudo bem. Abrisse a cova que ele tinha mais o que chorar naquele dia de frio intenso.

O vento de Jaguarão. Um céu com o maior jeitão que viria neve. E sua mãe acabou mesmo debaixo de sete palmos abaixo de neve. Uma honra, uma última prova de como as "desgraças íntimas fortalecem".

Mas tudo estava bem. Ele não mudava. Se nem as águias mudam de caráter, por que os homens haverão de mudar?!

Pagou o Azul adiantado pra abrir a cova de sua mãe. Nunca roubou e nunca roubaria na vida. Ele era um homem honesto. Filho daquela puta, mas que se fez honrado, digno, ético, respeitoso, humilde, solidário e otimista.

"Tudo sempre está bem" era o seu lema para que existissem os Reagan, os Delfim Neto, os Maluf e os Muamar Kadafi. Uma faixa entre Israel e Palestina. A indústria de armas cada vez mais prosperando.

"Tudo sempre está bem" se Yoko viveu a sua desgraça própria. Imaginem segurar o rosto do John Lennon morto!

John Lennon estava morto só pra Yoko pela fome da África.

É preciso uma lágrima de uma mulher desamparada diante dos holofotes para que uma criança tenha a barriga cheia de vermes no Haiti.

É assim que tudo fica bem. E estava faltando mulher naquele corpo.

Faltava a sua Cunegundes D'Oporto. E foi no "Clara Crocodilo", um show do Arrigo Barnabé, que conheceu a Dá. Show sensacional, Arrigo Barnabé com a Tetê Espíndola e ele ensopado de suor nas costas, grudando na cadeira. Um calor dos inferno em Porto Alegre.

Na saída, ouviu que comentaram:

— Nossa, coitado. Como é que ele sobreviveu hoje?

Era com ele a coisa. Era sobre a sua camisa ensopada. Voltou seu olhar e deu de frente com aqueles olhos negros grandes, aquela cabeleira negra longa, aquela sacolinha peruana atravessada sobre o seio. Respondeu:

— É, tá muito quente. Eu preferia estar pelado.

Ela:

— E o que é que te impede?

— A falta de um convite.

Passaram uma noite incrível. Ouviram muito Pat Metheny. Recordaram o show do Arrigo. Tomaram o melhor vinho. E transaram com ar-condicionado.

PLANILHA 7

Lançamento: O que foi feito da sua virilidade?
Saldo: As desgraças particulares fazem o bem geral ao som de New Year's Day do U2

O Amor de Cacambo e Daciana rendeu Diretas-Já e o seu despejo da República.

As duas desgraças universais que comandam o relógio: a desgraça pública acontecendo para que a sua desgraça particular se consumasse.

Por coincidência, ele e Dá descobriram que pertenciam ao mesmo banco. Ele na Matriz, ela numa agência afastada, no Bairro Partenon. Dá lhe fazia carinho e pedia que ele mexesse os pauzinhos para ela ser transferida para a "central". Ele tinha os "seus contatos" lá dentro, ele não ia fazer esta "filha da putice" com ela?!

Era só um pedido de amigo ao seu chefe, num sentar provocado por ele ao seu lado no almoço no refeitório comum, e "estava tudo bem".

Broxou nas seguintes três noites. Nem era o calor. Era o filho da puta falando mais alto.

Impenetrável em seus princípios, disse à Dá que nunca faria aquilo. Conseguisse a transferência por ela.

— Ah, cara. Eu queria ir pro Departamento de Câmbio. Dizem que fazem lá as maiores mutretas.

— Ah, é?! Eu não sabia. Nunca ouvi.

— Cacambo, idiota! Será que você não enxerga?! Você é um pasmo mesmo.

Aquele amor durou quase cinco anos e aquele "pasmo mesmo". Até a camisa ensopada ele ainda colocou na sua mala de saída pra sempre. Não quis uma vírgula. Não quis nem saber com quem ia ficar o carro que estava em seu nome: Daciana.

Atacou um táxi.

New Year's Day, do U2, é ótima para se tomar vento no rosto. Sentir o cabelo esvoaçando. Seus novos finais de semana em Caxias, onde agora dava aula na universidade, eram sair para a Rota do Sol com seu Corolla e meter o pé na tábua. Ia até Tainhas e voltava. Retão. Ele se esquecia da vida repetindo U2.

Algum velho otimista sádico, enfarado de sala de aula, já disse que a maior tragédia pessoal do professor é que os alunos nunca envelhecem. Isto, para um ainda jovem professor de Estética e Filosofia, que gostava de ouvir Doobie Brothers e U2, era devastador. Ele entrava nas aulas de jeans, camiseta e tênis e falava uma tarde inteira especialmente do estilo e da escrita tão limpa de Schopenhauer. E, principalmente, alcançava o melhor discurso e atenção das jovens alunas ao falar do seu maior fascínio: o *Cândido*, de Voltaire, uma novelinha filosófica devastadora, escrita em 1759.

François-Marie Arouet nasceu em Paris e era filho de um tabelião. Se criou, portanto, entre livros e mergulhou muito cedo nas leituras filosóficas. E foi confrontado de saída, pegou implicância imediata, com uma corrente de sua época que prestigiava o otimismo metafísico de Leibniz. A visão de Leibniz de um mundo como uma "harmonia estabelecida".

Aquilo soava uma bobagem aos ouvidos de Arouet, que, surpreendido pelo terremoto de Lisboa em 1754, viu estatelar por terra toda a teoria "leibniziana". Ao usar esta discrepância em sala de aula, suas jovens e lindas alunas faziam uma expressão de enfaro.

Mas era sempre a sua melhor aula, apesar de tudo. Ele se lavava falando de como Arouet, já sob a capa do pseudônimo de Voltaire, chamava seus contemporâneos à Razão, se desatolassem daquelas platitudes de Leibniz, com a sua crença mística, daquela lama movediça que era o abstracionismo. Leibniz precisava ser combatido.

E como sempre se deu o melhor combate no campo das ideias?

Através do humor.

E Voltaire, um cínico, um sádico, plasmará de saída a seguinte frase, como se estivesse falando sério: "Precisamos cultivar o nosso jardim".

E se debruça a escrever a sua rápida novela, num estilo fluente e mordaz, que será um verdadeiro tratado filosófico: seu personagem era Cândido, um ingênuo moço apaixonado por Cunegundes e expulso aos pontapés do reino da Vestfália, por pura e tão simplesmente ser flagrado pelo senhor Barão a roubar um beijo tímido da doce amada.

E Voltaire, então, no título de sua novelita crava a seguinte linha de apoio:

Ou o Otimismo.

E o humor e a reflexão filosófica passam a escarafunchar no desiderato de Cândido que vaga então pelo mundo, vindo bater até na América, na terra de Eldorado, "o melhor dos mundos possíveis" (esculhambando com Leibniz), "onde tudo sempre está bem", apesar da tragédia.

Não há mais espaço para o sentimento fácil da compaixão. Voltaire tomou do seu rifle e desencravou bala a bala todas as flores do nosso jardim cultivado. Cada projétil vinha recheado de ironia, de um olhar sardônico, a pólvora do baixo cômico e o escancarar da decrepitude humana, seja através da frequência dos roubos que levam às cordas a ganância, a corrupção, a estupidez de um amor obcecado — até atingir a decadência da beleza, representada pelo envelhecimento precoce de Cunegundes.

Era uma brincadeira com a Razão feita a sério por Voltaire. Tudo estava bem.

Porém, ai, porém, concluía: o "otimismo é desolador".

Era a sua melhor aula.

— Fessor, a aula de hoje foi tão boa. Mas conta pra nós. É o senhor o "Gremista" que aparece na Lista da Delação?

Ele era gremistão mesmo e as alunas tiravam sarro da sua cara sem saber das suas pequenas tragédias rotineiras. É que ele experimentava na carne a própria teoria de Voltaire: "as desgraças particulares fazem o bem geral, de modo que, quanto mais desgraças particulares, maior o bem geral."

Ele que tanto pedia às parceiras "Me dê um filho" como lema de suas trepadas, depois de uma das aulas ficou sabendo do aborto de sua companheira esporádica.

Aquilo era mais uma filha da putice da vida. Sua companheira foi atropelada por uma moto e soube no Postão da cidade que com o choque havia abortado.

À noite, num horário obrigatório de propaganda eleitoral, ele via um candidato à presidência falando da importância do Pré-Sal para a educação de "nossos filhos" e para o futuro da Nação.

É preciso que existam as tragédias maiores para que suportemos os socos na cara na vida privada.

Aborto e Pré-Sal.

O Pré-Sal desencadearia a mais abrangente onda de corrupção da História do Brasil, descoberta logo mais tarde pela chamada Operação Lava Jato.

E ele, Cacambo, continuaria só, abandonado pela companheira fortemente abalada pelo episódio do aborto. Restava um Cacambo só. Sem um filho para esta mãe gentil. Pátria amada, Brasil.

PLANILHA 8

Lançamento: O exílio de Cacambo após ser fotografado na Esplanada dos Ministérios à meia-luz
Saldo: A Lista do gato Angorá e os outros 50 ladrões

Eu me chamo Ricardo Palhano. Cacambo ou Cacambão para as mulheres. Um rifle como o de Voltaire é a minha companhia. A solução para a dor e tristeza eu não tenho.

Eu fico na penumbra, numa sala solitária. Um olhar tão triste, tão triste, que atrapalha o meu otimismo.

Pois está tudo bem.

Está e eu ando tão bem neste paraíso que eu poderia enfrentar Deus.

Deus e espingarda.

Um afago da mão de Deus ou acionar o gatilho. Eu, como o pintor Iberê Camargo, vivo esse dilema.

O meu olhar de tristeza e repulsa é um olhar de tristeza e repulsa que mãe nenhuma jamais vai ter. Mãe só olha para o chão, para o rés, quando vela um filho, quando tem ao seu amparo um caixão com o filho dentro.

Mas eu, Cacambo, não tive filho ou filha, nunca velei. Velei minha mãe, fui querido com ela, a puta que o pariu.

Eu uso esse blusão preto cheio de bolinhas de tão velho, sem brilho, sem a lisura de quando comprei. Esse blusão esgarçado nos punhos, que já nem se prende na gola, bem justo ao pescoço, é um blusão preto e velho que uso no frio.

E o frio no meu olhar?!

Sou aqui no bairro o Seu Ricardo Palhano, o filha da puta. O que se acha superior e que deixa só uma pequena parte da janela aberta.

Meu rosto está muito marcado, o cabelo mal-ajustado, seboso, mas está tudo bem.

O rifle eu amparo com carinho no peito, me aguardem!

O meu dedo indicador já murcho o filho da puta prestes a acionar.

Sou Cacambo um velho filha da puta que veste calça de linho e mocassim. Quem passa em frente à minha casa sabe que o Palhano tanto fala sozinho. Muito blasfema, ouvem-no gritar. Viva a puta que me pariu no Brasil!

Cacambo não usa meias apesar de viver no frio. E pita palheiro em fumo de rolo. O Palhano chama a ele mesmo de Cacambo, como Édson chama ao Pelé.

E quando sai do seu exílio, se chama Cacambo também no mercado do leite e pão, da comida pronta, palha e fumo.

O rosto marcado, as rugas, as linhas do tempo que me dariam um bom close-up se algum filho da puta de um fotógrafo ousasse lhe importunar. Corre com todos dali.

Vejam como estou falando de Cacambo como se ele fosse um terceiro. Isso é o que eu disse lá no começo do sucesso que a professora Lazinha me previa.

Eu na verdade me pareço fisicamente com o verdadeiro Cacambo. O Cacambo do Voltaire, mulato, inzoneiro, a prometer para o Cândido que trará a Cunegundes de volta.

Um propineiro de mil setecentos e pouco. Sou igual a ele, pois "está tudo bem".

Sabe que eu serviria bem para um outdoor de Seguro de Vida?!

Um olhar de ironia, de paródia, de chiste, de gozação. Não sou homem para asilo.

Haha! Asilo. Vai morrer com 100 anos esse filha da puta que eu sou.

Sou zeloso. Minha espingarda é de cano longo com o gatilho bem lubrificado. Eu a trato por fora com Brilho Sol. E a deixo em um quartinho, junto com as velhas agendas de propinas.

Meu negócio é a Esplanada dos Ministérios. É ali que eu atuo com minha ironia, sordidez e meu cinismo calculado para afundar com o "está tudo bem".

Lá na esplanada já me deixei fotografar. Uma luz de Deus parece que nos ilumina na esplanada. Uma luz aniquelada, cor de moeda em vigor.

Como sou um otimista, meu meio rosto acentuado e a outra metade no escuro ficou parecendo delação premiada. Ok. Ficou, mas está tudo bem. Publiquem!

— Fessor, como o senhor ficou bem no Face!

— Não vi. Eu não entro no "face".

Eu havia acompanhado as alunas, com cartazete e tudo, num protesto contra a retirada da Filosofia do currículo do ensino fundamental numa das tantas "reformas" desta bosta de governo. Consumado o ato, se varreria da cabeça dos adolescentes o pessimismo como forma de sobrevivência, a ironia como forma de suportar a bestialidade do mundo. Eu, Cacambo, Cândido, Voltaire, Schopenhauer, que para nada nunca servimos, serviríamos menos ainda que nada. Em síntese: proximamente eu estaria sem eira e nem beira, desempregado e suicida.

A luz rebate no cano da espingarda já. E, como se fosse uma gosma, líquida e brilhosa a escorrer. É repentina a luz que escorre. Escorre a luz de Deus até a minha mão.

Seguro a espingarda com a mão bem fechada acima do gatilho. Faço questão que o gatilho também receba a bem-aventurança da luz de Deus.

É o meu último registro de filho da puta.

Nunca mais me deixarei fotografar. Meu olhar para o chão é incapaz, mudo e melancólico. As olheiras que se ressaltam nada dizem do meu bom humor: irônico, sádico; eu pareço um emburrado, descontente, carrancudo que desconhece o *humour*. O refinado *humour* inglês, cínico, sardônico e penetrante.

Ah, este meu olhar!!

Compaixão. Piedade. Não tenham isso pra mim.

Eu sou Ricardo Palhano e é bem assim que Pelé também assim se entristecia.

Sentava no vestiário, o rosto entre as duas mãos a olhar pro ladrilho. O chão frio e cimentado. Chão úmido.

Ficava triste por uma ou duas derrotas que o Santos sofria.

— Fala, Pelé. Fala, Pelé.

— Este é o melhor país do mundo.

Pelé sempre foi um otimista. Um personagem de Voltaire, saído das páginas de *Cândido.*

— Ofereço este gol às criancinhas do Brasil.

Foi a sua melhor frase em toda a vida. Mas está tudo bem.

— Expulsa o juiz. O Pelé não.

Está tudo bem em Eldorado.

— Expulsa o juiz. O Pelé não.

A filha da puta da solução aproximada. Tudo funciona assim no melhor dos mundos. E está tudo bem.

Sou Cacambo com meu otimismo. A minha tragédia maior. A Minha Casa. Minha Vida. Minha senha. Minha frágil condição de um filho da puta madurão.

Ah, consciência! Quem a tem?

Angorá era uma vez um gato. Literalmente gato. Gato do roubo. Ladrão, melhor dizendo e dizendo. Num feijão com arroz bendito, uns malditos engolidores de propina com seus respectivos apelidos.

— Eu sou o Filho da Puta do Amigo!

— Eu sou o Filho da Puta do Bandeira!
— Eu sou o Filho da Puta do Grisalho!
— Eu sou o Filho da Puta do Crente!
— Eu sou o Filho da Puta do Coxa!
— Eu sou o Filho da Puta do Piqui!
— Eu sou o Filho da Puta do Feira!
— Eu sou o Filho da Puta do Extra!
— Eu sou o Filho da Puta do Novo Canário!
— Eu sou o Filho da Puta do Pada!
— Eu sou o Filho da Puta do Italiano!
— Eu sou o Filho da Puta do Esfiha!
— Eu sou o Filho da Puta do Gremista!
— Eu sou o Filho da Puta do JD!
— Eu sou o Filho da Puta do Primo!
— Eu sou o Filho da Puta do Bob!
— Eu sou o Filho da Puta do My Way!
— Eu sou o Filho da Puta do Kibe!
— Eu sou a Filha da Puta da Sabrina!
— Eu sou o Filho da Puta do Moch!
— Eu sou o Filho da Puta do PR!
— Eu sou o Filho da Puta do Ferrari!
— Eu sou o Filho da Puta do Babel!
— Eu sou o Filho da Puta do Justiça!
— Eu sou o Filho da Puta do Boca Mole!
— Eu sou o Filho da Puta do Caju!
— Eu sou o Filho da Puta do Índio!
— Eu sou o Filho da Puta do Las Vegas!
— Eu sou o Filho da Puta do Caranguejo!
— Eu sou o Filho da Puta do Cerrado!
— Eu sou o Filho da Puta do Polo!
— Eu sou o Filho da Puta do Bitelo!
— Eu sou o Filho da Puta do Campari!
— Eu sou o Filho da Puta do Gripado!
— Eu sou o Filho da Puta do Botafogo!
— Eu sou o Filho da Puta do Misericórdia!
— Eu sou o Filho da Puta do Corredor!
— Eu sou o Filho da Puta do Todo Feio!
— Eu sou o Filho da Puta do Jovem!

— Eu sou a Filha da Puta da Feia!
— Eu sou o Filho da Puta do Mineirinho!
— Eu sou o Filho da Puta do Comuna!
— Eu sou o Filho da Puta do Goleiro!
— Eu sou o Filho da Puta do Diplomata!
— Eu sou o Filho da Puta do Moleza!
— Eu sou o Filho da Puta do Velhinho!
— Eu sou o Filho da Puta do Pós-Italiano!
— Eu sou o Filho da Puta do Missa!
— Eu sou o Filho da Puta do Pino!
— Eu sou o Filho da Puta do Tuca!
— Eu sou o Filho da Puta do Paulistinha!

PLANILHA 9

Lançamento: A Operação Paulistinha (aula que não dei sobre alegoria)
Saldo: Lírio propinium e outras flores abertas ao sol

"EB" é um delator premiado do suborno de uma empreiteira na Operação Lava Jato. Eu tenho manuseado muitas planilhas da Lava Jato. As planilhas são límpidas e elucidativas. Para um exímio em mecanografia, ah, meus tempos de Débito e Crédito naquele escritório!, é uma leitura até "agradável".

Está tudo separado organizadamente em colunas. Nesta ordem:
Operação/ Data/ Codinome/ Valor/ Senha/ Cidade/ Obs/
O Obs, invariavelmente é o local da entrega da bufunfa.

"EB" deu detalhes em sua delação de uma certa "Operação Paulistinha".

Que pena!

A planilha tão bem-elaborada, com sublinhados coloridos e valores de suborno até modestos, é uma aula sobre a entidade literária que se intitula Alegoria.

Recordo que não dei esta aula para as minhas compenetradas alunas. É uma joia ilustrativa do mar de lama em que as flores florescem.

"O que é uma alegoria?". Eu sempre começava as aulas com uma indagação que não respondia. Tratava de logo exemplificar assim:

É preciso cultivar nosso jardim, ensinava Voltaire, sardonicamente apontando para o Reino da Vestfália que havia perdido a Razão.

Um dos jardineiros do reino se chamava Paulistinha e ele cultiva o jardim de sua majestade com todo o zelo. Ali, se podia encontrar as mais variadas flores, que formavam um colorido de intenso matiz. A combinação de tanta variedade de cores desse nosso jardim era um colosso, um jardim gigante e adormecido, pois estava tudo bem.

Entre a imensa diversidade de flores no jardim cultivado por Paulistinha, jardim aliás adotado por uma empreiteira, podemos destacar:

Alli propinium
Alpínea propinium
Amarílis propinium
Antúrio propinium
Astromélia propinium
Boca de Leão propinium
Bouvardia propinium
Centáurea propinium

Celósia propinium
Cerejeira propinium
Chuva de Prata propinium
Copo de leite propinium
Cravina propinium
Cravo propinium
Crisântemo propinium
Delfim propinium
Ervilha de Cheiro propinium
Flor-de-Viúva propinium
Esporinha propinium
Estatícia propinium
Gardênia propinium
Girassol propinium
Gloriosa propinium
Goivo propinium
Heliconia propinium
Íris propinium
Ixia propinium
Lepstospernum propinium
Lírio propinium
Margarida propinium
Narciso propinium
Palma propinium
Ranúnculo propinium
Rosa Amarela propinium
Rosa Azul propinium
Stephanotis propinium
Tango propinium
Watsonia propinium

Era de fato comovente o zelo de Paulistinha com o seu jardim. E Paulistinha, como um homem de coração nobre, queria aquele seu lindo jardim partilhar. E criou então um sistema de planilhas para o controle da remessa de sementes, sementes que mandaria para os seus colegas jardineiros (os laranjas da Vestfália, os deputados, senadores e tesoureiros de partidos da Vestfália) a seguir relacionados: Cabeça Chata, Professor, Coxa, Padeiro, Comprido, Varejão, Encostado, Timão, Fórmula K, Gargalhão, Baixinho, Galego e Tanquinho.

E Paulistinha, cioso de sua tarefa, missão de vida, para ter a certeza de que "tudo ficaria bem", criou também senhas para que as sementes chegassem intactas aos destinatários. São senhas muito bem pensadas, pois não consta nomenclatura de flores, para o Paulistinha, o laranja da empreiteira, não se trair.

Eis as senhas: Lasanha, Perfume, Amarelo, Gafanhoto, Nelore, Alcatra, Panqueca, Alface, Beterraba, Supervisor, Macarronada e Camarão.

Eis o fim da alegoria.

PLANILHA 10

Lançamento: É preciso cultivar o jardim, pois está tudo bem
Saldo: De como Cacambo se descobriu um poeta com um calibre fatal

Vendem-se vendidos!

Crápulas, cretinos, que desatino nas contas públicas. República de sacanas. Bananas. Em ética? Zero. A estética desta filha da putice vai para além da Alvorada.

Pasmem: 13 bilhões de dólares!

E a Pátria que se console, pois está tudo bem.

"Eu voto *Não*, pelo meu filho e pelo cachorro"

"Eu voto *Não* pela minha sogra e pela Caridade"

"Eu voto *Não* e que Deus proteja este país e as mulheres"

"Eu voto *Não*, mas não é bem isso, sim"

Está tudo bem, isto aqui é o Eldorado. Riquezas, cachoeiras, praias, besteiras a mãos cheias, cheias, cheias de dinheiro lavado. Minha senha é asabranca, escrita tudo junto. E também a #hashtag#foravestfalia#. Planilha e agenda dupla.

Tu me paga e eu te entrego. Que a falsidade vença sempre. Vença o mal e a descrença. Não vá me meter em encrenca. Mande por um laranja, enfie num envelope.

Ora, vir aqui otimista!

Vai se foder se der na vista, guarde o dinheiro nas cuecas. Em espécie. Em mochila de escoteiro. Vê se não cochila, sempre alerta, na hora de dar o teu voto, ó!

Aperte este treco certo. Ah, não se engane de endereço. Vai que a PF te algema, te algema sem dó, nem pena, quem tem pena, holofotes, holofotes de cegar.

Diz o ditado. Eu não crio homem honesto porque não sei o que o homem honesto come.

Propina.

Propina.

E está tudo bem. Se Brasília é o melhor dos mundos que se mudem de mala e cuia para sempre para lá.

Eu, Cacambo, continuo otimista. Na proximidade da minha alma nunca entra o desencanto. Já se viu. É um autorretrato. Meus olhos? Apenas dois traços. Triste. Triste. Triste. Sou o Cacambo no melhor dos mundos, eu vivo melhor as minhas tragédias pessoais.

Acho a pergunta difícil, mas acho que a tragédia maior foi... foi... foi...

— Você quer que eu fale de minha mãe? — respondo à pergunta com outra.

Começo a enrolar um palheiro. O palheiro indica uma pausa.

A hora? A hora é do esquecimento. Do nada sei, não sabia, nunca comi, nunca tive indigestão por isso. Eu sou limpinho.

E eu enrolo.

Espero que me perguntem sobre a escalação do meu time. Eu nunca roubei nada. Eu quero falar da escrete. Do Brasil de 58 na Suécia. Detesto falar de propinas e agendas. De Brasil ninguém me fale!

— Não era Gilmar o goleiro?

Gilmar era o conselheiro. Gilmar jogava no Santos. Eu insisto. Perguntem de futebol, afinal, era Gremista o meu apelido. E eu estava na Lista. A Lista do dinheiro afanado. Vão à merda com Artes Plásticas e o Patrimônio Urbanístico Nacional.

Está tudo bem. Está tudo bem, eu sou otimista, vão à merda com ética. Muito mais à merda com mãe que era puta.

Se este é o melhor dos mundos, eu acredito. É muito pessoal, mas acredito. Sou moicano sem ser último, sou um baita mensaleiro. Só que nunca me deram a chance.

Eu queria muito ser um vice, só pra dar bola nas costas.

Fotos e fotos com meu rosto. Sou ainda um homem honesto. Limpinho. Cheirozinho. Mas eu fedo tanto que atraio a mão do corvo. O bico da águia. Já viram águia mudar de consciência?

Se nem a águia muda, vão querer mudar o homem?!

Uma ova entre os dedos. Eu fecho os olhos e concedo mais umas 200 emendas. Arrombo com orçamento. Eu cresço mais que fermento na hora de falar às claras. Estendo a mão. Dou abraço. Sou um político filha da puta no melhor lugar do mundo.

Um paraíso.

Um Eldorado.

Uma passarela inteira pra desfilar o meu enredo. O meu otimismo com aquela bunda que manca. Torceu o tornozelo, pobrezinha. Atravessou o samba, pobrezinha. Foi tirada do trono e ficamos nós sem a Porta-Bandeira.

Realmente, é difícil fazer balãozinho na pequena área. É ou não é?

Não sei de nada. Continuo assumindo a minha pasta. Eu quero assumir meu Ministério, venha ou não venha o STF.

Eu sou Ricardo Palhano. Eu sou Cacambo e não nego, eu sou um estrategista, um ingênuo, idiota, eu sou o sim no país do bem. Pois tudo está bem.

Olho pro horizonte. Quero encerrar o assunto oferecendo um bom café. Eu mesmo faço. É café moído na hora em tua consideração.

— Estupro, junto com a guerra, é a coisa mais bruta.

— ...

— Sim. Minha mãe foi estuprada por um próprio Palhano.

Meu olhar fica mais firme. Encaro o horizonte. O filho da puta chegou pra pedir almoço. O filho da puta sabia de minha mãe sozinha. O filho da puta do estupro, o filho da puta da guerra, o filho da puta corrupto. O filho da puta é poeta. Forever. Forever.

POEMA IMUNDO E SUJO PARA O BRASIL

Poeta brasileiro da cracolândia, das mulheres comendo o pão que o diabo amassou, de crianças desamparadas, poetas de todos os sexos, do espírito e da planta frigorífica nacional.

poeta brasileiro de porco,
pata, cavalo
poeta brasileiro de papagaio
poeta brasileiro do nariz com medida,
poeta que não exala o esgoto,
poeta brasileiro desfocado
poeta brasileiro é o que se diz do poeta:
poeta brasileiro de borboleta!
poeta brasileiro do cacete, do caralho,
poeta brasileiro que não vê esta merda que virou o Brasil
POETA BRASILEIRO deve rasgar seus poeminhas
DEVE SER EM CAIXA ALTA, POESIA E REBELDIA, SIM
falar o que nas ruas se diz:
Que país é este?
Que porra de olhar é este nosso,
que porra que não consegue se enxergar a um palmo do nariz?
poeta brasileiro, quanta ilegalidade,
Nação em que o crime compensa,
poeta brasileiro do poema lavado
bem lavado como o dinheiro vem e vai
poeta brasileiro dos sonhos sendo usurpados

destes políticos crias do Estado, políticos filhos da mãe!
poeta brasileiro de gente humilde,
que prefere o Tite aos 7 a 1 do Felipe
poeta brasileiro não passa de um pavão.
Panelinhas, conchavos, poetizam até em quadrilhas, e quadrilhas más.
Mas há os que implodem com o voto e o dedo indicador, são raros
poeta brasileiro não denuncia em plenos pulmões
não faz com a sua mão humilde um vulcão,
um cão da Casa da Moeda,
desta propina que é a moeda varonil
bata a mão no peito, poeta brasileiro,
poeta brasileiro rime borboleta com aquela outra palavra que começa com "B"
ora, vá arrumar uma muleta, seu poeta de chafariz
fale do que interessa, poeta brasileiro míope,
deixe de ser um medíocre,
brade, grite e vocifere contra a corrupção!
poeta brasileiro é provável, sem afeto,
poeta brasileiro que não teve sequer neto,
vai por isso se calar?
dane-se o palavrão aqui dito,
merda de país com Jesus Cristo,
que só abre seus braços sem solução
poeta brasileiro de um Rio desolado,
das marginais de São Paulo,
marginais de marginal!
Poeta brasileiro bata em latas como o Mário de Sá-Carneiro
um poeta muito porreiro, que nos falta esta hora aqui:
que país confuso, que país que é um parafuso,
não é mais a saúva nosso mal
nosso mal é Brasília, a pouca, pouca poesia,
é um parlamento do inferno e mais o escambau
do Oiapoque ao Chuí
aqui só dá Macunaíma
o herói sem nenhum caráter,
mania nacional, poeta de araque,
poeta brasileiro e o desemprego, meu?
poeta brasileiro não tenha medo,

faça o teu poema sujo de novo,
mande estes caras tomar no "CÊ" "U"
poderia ser um Céu, mas é um "CÊ" "U"
carniça exportada pra Hong Kong
urubus, urubus, urubus a nos importar
carne podre, carne infestada,
ó, Brasil, ó Pátria Amada!
poeta brasileiro de borboleta que não fala em mata,
não fala da Amazônia que violam e muito estupram,
árvore a árvore pra ganância sem Deus
poeta brasileiro bem-suprido de medo
não caminha mais nenhuma quadra
se caga ao andar à noite,
"Mãos ao alto, poeta infeliz!"
silencie o teu whatsapp, poeta tupiniquim,
silenciem as reformas, peido, um traque,
chame ao conteúdo da prosa também um chinfrim
ética, caráter, respeito,
tudo isso, poeta do espeto e churrasco,
brasileiro de um naco de nada,
você já se foi pro brejo,
olhai então os lírios do brejo,
olhe bem, seu medalhão!
pobre, pobre, pobrezinho do Brasil!
Romero a despintar o que o Portinari pariu
pintem bunda de uma vez,
abundem como abundam os partidos aí:
a bunda de Minas, as nádegas de Mariana,
com esse esgoto barrento e alaranjado a matar o azul do mar
onde está um cabra macho que seja mesmo de olhar como o Rubem Braga?
um cara que viu o brasileiro às braçadas
um cara de olhar nos olhos, não nos olhos dele na tevê
mas sou um poeta brasileiro muito aquém de Carlos, de Manuel e de um embriagado Vinicius
um poeta de coisas inúteis tornadas universais
poeta brasileiro de coisas fúteis encante também os teus olhos com aquela moça a caminho do mar

qual!, eu pelo menos, um chinelão em Havaianas calçado,
eu não sou um homem de bosta, sou só um poeta no modo de se dizer e ironizar:
Cacambo, o otimista. Nascido em Bom Jesus.

LAZARUS

Somente o mundo da representação perdura, o mundo como vontade desapareceu.

Arthur Schopenhauer

INTRODUÇÃO

§1

Levo a minha mão ao peito. Tento dormir. E que eu durma rápido. Sagaz, ligeiro, que eu faça de meus lençóis uma cancha de carreira com pastel da infância, um Hipódromo do Cristal. Eu quero ser um cavalo, mas sem nenhum tesão, sem virilidade, que não me atenha a nenhuma provocação.

Eu não quero sentir vontade. Levo esta minha mão de pintor a sentir o meu coração. Um cavalo de sapato novo para o sono, que é onde eu me manterei afastado de qualquer desejo, coxas, bucetas bem-lubrificadas, clamando pela penetração. Que eu caia morto de sono, resvale para o túmulo negro da contemplação.

A pura contemplação. Eu não quero, eu, homem-pintor, cobiçar a passista da Mangueira, suas coxas rijas, malhadas, sua bunda proeminente a me idiotizar. Eu só quero esta passista afortunadamente em minha ideia, eu quero o pleno conhecimento do seu corpo modelar. A terei em meu domínio, a terei em minha paleta, a terei em minha tela em branco e pincéis aptos para o meu lograr.

Eu a terei então com minhas tintas, em tom, cores, arranjos que logo na madrugada enfrentarei. Quero fazer desta mulher que abre alas para a Mangueira a minha melhor pintura, a minha melhor tela, *Oil on canvas* soterrado de um pessimismo muito consciente, o intelecto a me salvar.

Só consigo ser pintor dormindo de sapato novo. É que sou de certo modo um pouco excêntrico, um discípulo de Schopenhauer.

Em 1815, Napoleão perdeu a guerra. E o que restou então da Europa foi triste. A pobreza grassava, o desemprego em escala nunca vista, um cenário desolador. Arthur chegou a ver amigos se retirando no final da tarde, solitários em direção a um riacho. Se retiravam de maneira discreta para o ato mais vergonhoso que poderiam perpetrar: beber água, muita água, para fazer vez do jantar.

Arthur Schopenhauer nasceu em Dantzig. Mas, na altura da queda de Napoleão, estava em Weimar. Já brigado em definitivo com a mãe, uma romancista até que reconhecida naquela Alemanha miserável de então. Seu pai, um médio industrial de madeira, deixara uma pequena herança que faria com que Arthur mandasse a mãe e a sua vaidade a puta que o pariu.

Arthur saiu da casa de madame Schopenhauer por causa do ciúme que a perspicaz leitora percebia na mania de seu filho também escrever. Era de um gênio muito maior, incomparável. E Arthur Schopenhauer saiu de casa carregando esta raiva materna e respirando um pessimismo que se pegava com as duas mãos no ar.

E foi quando erigiu, já como filósofo, o conceito que, mesmo demorando, o consagrou: a Vontade. A Vontade, o desejo, o procriar como a essência de vida do homem comum. E erigiu o conceito para destruí-lo.

A Vontade só se refreia no adormecer, na calada do sono e, por isso, um homem de sapato novo tem apenas um dever. Dormir. Morrer para amanhã. Um homem de sapato novo, ao acordar, já reabasteceu o intelecto, o conhecimento, o melhor antídoto contra todo e qualquer desejo que lhe ocorrer.

§2

Um homem de sapato brilhante é um sapo. É uma rã. Não é um homem-pintor.

Eu sigo Schopenhauer. Minha filosofia é a filosofia do grande Arthur. Ele faz com que eu encare a morte da maneira mais racional. Não o reles confronto do homem comum, que vê no desejo, no procriar, a sua certeza de que continuará. Eu enfrento a morte refutando a vontade com o intelecto, com o conhecimento, com uma ou outra tela de gênio que eu seja capaz. Enfrento a minha morte na mais pura contemplação.

A luz, a mulher amada é tudo o que um renitente otimista quer. Ele sente no trepar com a amada desejada, prazerosa, culminando em orgasmos seguidos, o sentido que a vida tem. Esse sentido não interessa ao artista, ao homem-pintor que escolhi ser.

O pintor, em última análise, se quer ser genial, deve broxar.

É o que prega Schopenhauer. E eu o sigo. E tem dado certo. Minha última exposição foi aclamada com "o grotesco que acalma, faz bem à alma", "o grotesco belo", "a maior representação do Brasil".

Eu exultei quando li isso no jornal. Então, eu havia conseguido com o meu desprezo pelo carnal, pela semana bacanalesca que varre do Oiapoque ao Chuí, ter me abstraído de endurecer o pau. E de pau mole ter sido a representação mais moderna do meu país?

Sou um idiota esperando a chuva num trecho de estradinha que a marreca faz.

Marreca tem guarda-chuva?

"Yesterday" é do Lennon ou do McCartney?

Que páreo é este?

Na terminologia de um idiota isto se chama pensar.

Pensar é um páreo com Deus.

Boto uma mão na altura do coração e a outra na barriga. Eu me chamo Lazarus Abdon e tento dormir.

§3

Em uma viagem de verão fui à Lagoa dos Patos. Sentado na sua margem, fui arrebatado por um imenso desejo de contemplar e de repente aconteceu. O céu escureceu com nuvens sobrecarregadas para chover.

A água da lagoa juntou-se ao mar e aconteceu uma ilhazinha na areia com quatro cisnes. E se encontraram com o céu.

Voltei a mim e, neste mesmo cenário, aconteceu uma doceira em cuja companhia vivia um irmão muito doente e um cão triste.

Lembrei então de Atma, o cão que seguia Schopenhauer onde quer que este fosse. O filósofo tinha dado ao seu fiel companheiro o nome com a palavra braamane que significa "alma do mundo".

Para o pessimista, a alma do mundo está em deixar os cisnes lá na sua lagoa com os patos e observar o tom de voz paciente, o olhar perdido, as marcas daquele jovem rosto da doceira que me aconteceu ali antes de torrencialmente chover.

Eu optei por representar o meu país assim. Morrer de sono, desolado com a sua essência, com a sua "alma de mundo" chamada afabilidade. Diante de meu irmão afável eu sinto logo uma profunda preguiça, eu adormeço um sono ligeiro como adormecem ligeiros os lírios ao morrer. Os lírios quando murcham. E estes, quando murcham, perdem a avidez, o ardor, a vida, o brilho, o brilho, o brilho, a luz. Este sou eu para ser "o pintor".

§4

Eu sou um lírio. Eu sou um lírio, mas não mais violentado pelos dourados raios de sol do meu lugar. Eu sou um assistente compassivo da mais bela bunda que na praia já vi. A bunda que me faria infiel não estivesse o homem-pintor tomado pela abstração. Com a razão acima da vontade e do meu tesão.

Ah, dirão, aquele broxa do Lazarus Abdon!

Ah, aquele outro broxa do Arthur Schopenhauer!

Isso. A controlável vontade de comer um pudim, o controlável desejo de continuar a ver a tua vizinha de prédio de calcinha enfiada naquele valinho que a sua bunda faz, é a arte. É a pura contemplação cerceada pela Razão.

É isto o que me guia. Eu entro neste ateliê todos os dias, e todos os dias às 5h da manhã.

Trago em mim a infância e as tempestades de neve do lugar onde nasci. Lembro, especialmente, de Calula, uma lavadeira de roupa em águas frias e engomadeira de primeira mão. Calula vivia na companhia de sua filha mudinha, com outros problemas de saúde sérios, que sempre foi a sua melhor amiga naquela solidão.

A vizinhança de mãe e filha solteiras era formada por gente moralista e imbecil. O senhor Fayet, por exemplo, se irritava ao receber visitas. E o Seu Fayet se irritava mesmo. E entre movimentos esparramados recravava a faca no queijo, sentava com meia mesa pra ele e por ali queria jogo. E dizia, quer jogar que os seios da Rosa, se vinha seco na época, era por causa do filho perdido? E se sorvete ou cabrito nem a Rosa sabia. E que apesar de mortinho tinha manchinhas nas costas e que uma mancha assim de nascença era do que a mãe não comeu.

— Desejou o quê? — o Fayet interrogava. — Rosa, tô falando!

O Seu Fayet nem tinha bebido, mas a Mariinha, já acostumada, nessas horas chegava por trás. Botava-lhe as mãos nos ombros e era uma forma de dizer, elas já vão, é só mais um pouco, não vá me fazer de novo!

Dois dias depois, o Seu Fayet tomou inseticida. E botou inseticida no tanque do carro antes de se matar.

Abro o cavalete. Prendo com segurança a tela e vou mergulhar no que contemplei. Não haverá o pudim que não comi. Não haverá a visão sublime de minha vizinha de calcinha minúscula que espiei. Haverá apenas o conhecimento que eu trouxe disso.

E me ponho a pintar. E, raios, raios, raios, tudo resulta em grotesco. Acreditam que meu ganha-pão, com folga, tem sido isso: broxar diariamente depois das 15h. Broxar depois das 15h marcadamente?

É quando saio pra rua. É quando deixo o ateliê exaurido, estuporado do sem sequer, na plena felicidade de o que era Vontade ter enchido a lata de lixo que mantenho ali.

Telas e telas rasgadas plenas de vontade. Telas e telas que gastei meu meio dia de vida ao enfrentar a morte e vencer.

Saio sem sequer um banho tomar. Mal lavo as mãos sujas e imundas de tinta. Enfio uma camiseta regata, uma calça jeans já oleosa por nunca lavar e calço um mocassim esbodegado, que mal firma nos pés. E enfio na cabeça um boné com publicidade de supermercado. Não posso deixar me reconhecer.

Um certo dia, na minha terra natal, vestido assim e incógnito morador de rua que por lá apareceu, eu dormi no banheiro dos homens na praça, que ladeia a calçada de nós de pinho do meu lugar. E quando acordei vivi o instante mais feliz de toda a minha vida. Um sino dobrei. Peixes verdes, amarelos, peixes azuis, vermelhos eu quase vi não fosse o frio.

Fazia muito frio e sol banhava a praça para aquela moça linda passar por mim. Se tapou o nariz, não notei, mas sequer me percebeu. Eu era o lazarento bíblico que estava ali.

E é assim, despercebido e molambento que eu saio a caminhar. Ver o ipê somente ipê. Ver um monumento com cavalo de aço e capenga que me irrita e não satisfaz. Ando em meio à multidão de moças lindas que os escritórios despejam ao pôr do sol. Eu as vejo sem vontade, sem segundas intenções. Na verdade, eu as vejo, uma a uma, com a minha terceira intenção.

Com algumas sou cordial, educado, respeitoso, evito desajeitado o seu seio degustar.

Eu sou inclemente ao que me cabe controlar: homem alto, bonito, com este vestir molambo que espanta todo o prédio ao descer no elevador.

Eu renego a minha conquista fácil. Eu mesmo renego o que nos coube viver como o "mais belo" que há no Brasil.

§5

O Cristo Redentor como arte que me provoque estímulo é um horror. E isto é bom. Se nada me provoca, não é como o delicioso seio da moça do final de tarde que me perturba então. O meu Cristo Redentor insosso, amanhã, às 5 da madrugada, é o que vou melhor resolver, pintar.

E será então um Cristo Redentor arrebentado de corpo inteiro, ainda vivo, agonizante no frio da cidade em que eu nasci. Costelas rígidas de frio. Braços estarrecidos de frio. Pernas enregeladas, o olhar, os olhos, bolitas de neve branquíssimas, o mais majestoso zumbi.

Lazarus Abdon.

Sou eu.

Eu sou como o sol do deserto. Eu não sou como o sol do Brasil.

Ah, o sol de Porto Seguro, de Trancoso, aquele sol praticamente sexual.

Sol de sonho dourado das praias do Brasil ensolaradas. Isso não rende arte, isto não será o mundo em minhas telas como vontade e representação.

Eu reprimo o desejo e, paradoxalmente, daí que vem a minha vontade, o meu tesão, o meu pau de quase 18 centímetros, ereto, pronto para na tela virgem penetrar o melhor de mim.

Rejeitar e vencer o desejo, posso dizer, é a Vontade ainda, mas com uma força bem menor.

Não sou um néscio. Por isso, durmo de sapato. O que parece ser broxante, na verdade é a minha parte mais original. Quero logo o sonho, porque no sonho jamais há o desejo, o submeter-se ao estou com vontade disso ou daquilo, como uma grávida prestes a parir.

Eu acho muito difícil ser artista plástico no Brasil. Não sei como os pintores, os nossos grandes pintores, Iberê, Volpi, Guignard, suportaram isso aí. Esta tez bronzeada de olhos azuis e cabelos longos. Estas Iracemas da vida e do Ceará. Como suportaram Iberê, Volpi, Guignard, esta amabilidade, esta sacanagem à solta, esta malandragem à sorrelfa, até assalto com certa desculpa e culpa que se vê no Brasil.

Mal-explicadas fortunas.

Malditas propinas.

Mal-elaboradas cláusulas.

Mal-intencionadas emendas, mal-encaminhadas pautas ~~~~~~~~
~~~~~~~~~ mal braçadas ~~~~~~~~~~~~~~~~~~~~~~~~~~~ mal
~~~~~~~~~

braçadas ~~~~~~~~~~~~~~~~~~~~~~~~~~ mal braçadas ~~~~~~

~~~~~~~ mal braçadas ~~~~~~~~~~~~~~~~~~~~~ me afogo aqui.

Meu hobby é criar palíndromos. O palíndromo é o gênero molambento na forma de eu me vestir. É um morador de rua desprezado diante da plenitude do pessimismo de minhas telas. O palíndromo é o chulé do meu mocassim esculhambado. E já alcancei alguns bons:

O x é se o x é s.

Leiam de trás pra diante.

Sexo é sexo.

Ô, sacou? É só arte letra. Arte letra. O seu ocaso.

O ocaso do homem é o sexo, o desejo, o querer procriar.

E eu sigo Schopenhauer com minha bazuca e atiro:

A tela, Pá! A tela, pá. A paleta. A paleta.

Leia de trás pra frente. O palíndromo é o meu boné de supermercado. Coitado, coitado, diante de um óleo sobre tela que ontem perpetrei.

"Propineiros". Intitulei a tela e assinei: Lazarus Abdon.

Eu estava bem: os palíndromos são a minha pausa. A forma de suspender o pessimismo, de enfrentar o desencanto, de esmorecer o domínio da Ideia, de enfraquecer o domínio que o Conhecimento produz em mim.

É que eu sinto ojeriza. Tudo é bom no Brasil!

Onde um Lazarus a pintar um Cristo estatelado na maior inflamação? Um Cristo humano, com sangue, veias e pus e até merda na hora da Crucificação?

Não: é na cama, na lama, na fama. Tudo é uma regência de sete cordas do querer. Do desejar. Do "te possuir morena sestrosa".

E esta sacanagem toda termina nos derradeiros acordes de nosso Hino Nacional: Pátria Amada, Brasil!!!!!!!!!!!!!
~~~~~~~

§6

Sol que nos dá sono. Sol modorrento. Sol que não me dá um triz, um zás, um sol da puta que o pariu. Eu quero a abrupta e estúpida paisagem de um sonho com uma praia cheia de pedras e morros e aquela umidade de onde surge a melhor luz. A água a bater nos rochedos. Aquela sombra margeando o azul do mar e eu, Lazarus Abdon, completamente absorto na mais sublime contemplação.

Salve, Arthur Schopenhauer!

Vai-te à merda Glauber Rocha com o teu *Deus e o Diabo na Terra do Sol.*

Cinema antigo, cinema retratista, cinema que é superficial e que pensava atingir a razão.

Ah, preguiça!

Arthur Schopenhauer é disparado o melhor texto entre os filósofos. Ele era um cara de sapato novo com a mão no coração se fazendo dormir.

Flui. Te ensina e rápido. É um pessimista afável e generoso ao escrever. Não se faz de Kant, seu antecessor com aquele pedantismo embaralhador. Não se faz de Hegel, seu contemporâneo, que só complica com uma dialética sacal.

Em Schopenhauer é tudo tão claro, é tudo tão lúcido, é um texto tão bom. Madame Schopenhauer tinha um faro fatal: não poderia suportar aquele gênio debaixo de seu teto sem que ela viesse para sempre a deprimir.

Deprimida pelo que gerou de bom. Ao Schopenhauer devo, Lazarus Abdon Bulahud, esta representação do Brasil. Este meu modo de pensar a merda que é o Brasil.

O Brasil da Bahia e seus Orixás. O Brasil, da chula, do pampa gaúcho, esta merda que nos coube viver.

Um crepe. Um churrasquinho de gato. O Brasil que faz de gato e sapato uma gosma de engolir.

Abdon, eu sou como Carlitos. Eu sou o Charles Chaplin. Eu faço da sola do meu sapato a melhor refeição.

§7

Conhecem a Bruna Lombardi?

Não conheço. Nunca comi.

Ô, Brasil!

Brasil sem Razão. Nunca a razão com o "erre" maior. É a pura malandragem. Eu tenho ojeriza a estes adjetivos que a tradição sacana cunhou para nós: bom malandro, sangue bom, apontador de jogo do bicho legal. Arghs!!!!!!!!! Isto é a forma mais grotesça de sermos um país.

E eu acho bom.

Esse "bom" do Brasil.

O BomBril. "Eu pinto o Sete". Isto são piadinhas juvenis.

O grotesco que eu persigo e me encanta é na seguinte equação. Schopenhauer nos ensina que o objeto da mais pura estética deve se bifurcar:

Lado A) sujeito em estado puro. Exemplo: a passarela, o carnaval, o bacanal.

Lado B) a ideia ou conhecimento que eu trago. Quer dizer, ideia platônica, a minha imaginação. A poesia que eu extraio de olhar para o carnaval sem me envolver, sem a temível vontade de sambar.

Resultado na minha 5h da manhã em frente à tela virgem?

A poesia grotesca. A minha pintura grotesca no olhar daquela doceira que sustenta o irmão inválido.

Eu pinto tomado de "conhecimento", do domínio que tenho de minhas armas, da minha Razão já que não suei no sambar.

Vou suar é agora, conterrâneo. Eu não posso misturar as coisas. Eu vou suar muito para separar o Lado A do Lado B. Eles não podem aparecer juntos, porque isto destitui a Razão, a ciência, a explicação sociológica pra esse escambau que é o país.

O belo – que repugna Schopenhauer – sempre se dá fora da Razão. O belo se dá na equivocada mistura da imaginação com o sujeito puro, isto é: a bunda na praia de Ipanema é o sujeito puro misturado com o seu querer: cobiçá-la. Possuí-la.

Portinari se esforçava, mas não era bom. Era muito retratista.

O que será que Portinari faria na seguinte situação? Em volta da mesa um sinal da cruz, e rezas, terços, miçangas, pulseiras, colares, as sambistas do Pelourinho que eu conheci: Axé! Saravá. Saravá, irmão!

As sambistas saudando o crespo Glauber Rocha, o seu Cinema

Novo todo encrespado quando o Olodum pirou de vez.

As sambistas da Paraíba, as sambistas pó-de-arroz, ou centeio, as sambistas com os crespos partidos ao meio lembrarão minha avó.

As sambistas do hip do hop, sim. Há sambistas que mostrarão chicotes nas casas de diversão. As sambistas tão humanas, as sambistas erram, sambistas se desesperam quando um filho morre de fuzil. As sambistas como testemunhas, as sambistas pro DNA.

E as sambistas descerão o morro, as sambistas pedirão SOCORRO, SOCORRO, SOCORRO, SOCORRO... Maria Socorro amou Adriano, Adriano Imperador. Trocou Milão pela Rocinha. Sente-se bem assim.

E, se mesmo Jesus viesse sentar aqui perto. E, se mesmo Jesus viesse falar de dinheiro, Adriano diria: "Jesus. Eu só quero acalentar uma lágrima, feito um forte sem ser".

É que ao invés de pagode o seu vizinho lhe falou: ouça só uma vez o Ray Charles. Ele é cego, mas é o negro melhor que já ouvi. *Hit The Road Jack* é um "parararã". Parararã, saca? Abre a cortina do passado, tira a mãe preta do cerrado, Brasil, Brasil. Pra mim. Pra mim...

Parararã, ôh, yeah!

Oh, que merda foi que nos legaram? Sapateia aí, sapato novo! Ou você morreu e esqueceram de avisar?

É que tem neguinho triste que nunca usou terno e gravata a vida inteira e só usa depois de morrer. É um barato você ver que o cara ficou bonitão, mas está amarelo, a face melancólica, o rosto morto é uma coisa que vou te dizer.

Bote um Ray-Ban. Botem um pouco a pegar sol. Você namoraria um cara assim? De terno gravata sapato novo todo alinhado disseram que até cresceu uns centímetros depois que morreu?

Não. Não se usa vírgula quando se fala de mortos, porque a morte não tem pausa, não tem essa de pontuação. É só o ponto final.

E ponto final quando se alinha muito vira reticência e a reticência até hoje para a morte foi a melhor definição. Mas a bruta esbarrou em Schopenhauer. Arthur chegou falando em conhecimento, em destituir a Vontade do homem banal, a procriação como o dom maior.

A morte então deu com os burros n'água.

Eu nunca vi burro n'água. Só vi vaca em areia movediça. E é a coisa mais impressionante de se ver: a vaca começa a berrar. A berrar e a se mexer. E vai afundando e vai afundando, vai afundando como uma pedra que se joga num rio de águas limpas.

Ou como o teu amigo do peito que se afoga ao teu lado e você também não sabe nadar. E te gritam, "não segure nele!", e então você não segura por covardia e por causa do medo o teu amigo vai afundando, enchendo os pulmões.

E você vê que o corpo vai afundando se o afogado não sabe prender o nariz. E a vaca na areia movediça também afunda, só que você não a vê afundar. Ela vai diminuindo no campo das tuas retinas e a vaca depois começa aos berros a estrebuchar.

Com o tanto de areia que começa a engolir, estrebucha. Não vai muito, só restam as aspas.

E você então sabe que ali uma vaca morreu.

Isso não modifica em nada a tua vida. A vaca era holandesa e tal, mas e daí? O jogador chuta a bola para o outro jogador. O outro jogador chuta a bola para o outro jogador, mas um outro jogador do time adversário chuta a bola desviando o seu destino e o outro jogador desse mesmo time então domina a bola para a bola parar. E, em seguida, o jogador chuta a bola para o outro jogador e o outro jogador do seu time chuta a bola com um pouco de mais força em direção à goleira e se ouve um apito. Param todos de jogar. É o que chamam impedimento.

Vamos colocar o jogador que estava em impedimento na areia movediça também. E vamos colocar toda a torcida na areia movediça também. E, por último, vamos colocar o Adriano Imperador na areia movediça. Botamos, sim. E ele usando um Ray-Ban.

Burro n'água eu nunca vi. Com os burros n'água eu nunca vi ninguém dar. Mas um burro na areia movediça acabamos de assistir: Adriano e sua Vontade, desejo de retornar de Milão à Rocinha.

Endereço?

Rio de janeiro. Brasil.

§8

A chacota, a cantada sem graça, é aliada do desejo, prima-irmã da Vontade e inimiga da Razão. Não é arte.

Isto é ruim.

Não é tão terrível como um Romero Britto, mas é ruim.

Arte é o que vou fazer às 5h da manhã, a partir da história de duas mulheres, que clamam pela minha caridade.

É a história seguinte:

A Calula era caseira de casas ricas junto com a filha Muda. A Calula era doceira de mão cheia junto com a filha Muda, morena linda. Era uma boa vizinha junto com a filha naquele ponto mais frio do Brasil. A Calula nutria uma paixão pelo polaco ferreiro e a Muda detestava o mesmo. Engomava roupa pra fora e com a filha Muda arejava as camisas dos negociantes sírios solteiros. E Calula conheceu o José Sachetto, coveiro, casado, e a Muda atendeu ao seu pedido discreta. A mãe devia ao curtidor de couro dinheiro e junto com a filha deram o ar de suas graças e desculpas. A Calula era da Maria do Pessegueiro e tinha na mudinha a melhor conselheira. A Calula foi do Luiz Antonio Hortêncio, era de meio mundo. Deitou com Clemêncio, Evaristo, com o Nardinho do Seu Acácio.

E a sua filha mudinha junto naquele maior frio.

Clamam por minha "esmola de solidariedade" as duas pobres mulheres. Mas não a terão de minha paleta.

Todo o "meu querer", aprendi com Schopenhauer, se origina da minha própria carência, do meu sofrimento inseparável.

Ora. Quando saio a caminhar no final da tarde e vejo aquelas moças exuberantes com seus seios sutis, eu penso que me contento. Mas o contentamento finito não existe. Eu volto para casa triste, supremamente triste na minha vontade machista de possuir. Mas, o homem-pintor traz um sorriso cabuloso, cínico, imensurável, do contentamento infinito do que ele vivenciou.

Nunca estou satisfeito. Em minhas caminhadas nunca "possuo" aquilo que a vontade me impõe.

É que um desejo satisfeito imediatamente dá lugar a outro. Eu não posso nunca trazer de volta ao hotel, ao sair do sambódromo, aquele "estar satisfeito carnal". É uma já ilusão conhecida. O carnaval nos dá este contentamento ilusório. Quatro dias e voltamos à carência inicial.

Abdon. Lazarus Abdon, não. Lazarus Abdon Bulahud, não. Eu nunca dou esmola a um mendigo. Se a desse, eu lhe deixaria satisfeito hoje e, com essa minha caridade, só prolongaria a sua miséria de amanhã.

O carnaval é uma esmola. Somos miseráveis do "querer". E assim nunca possuiremos bem-estar e repouso permanente.

"Temer desgraças, ou perseguir o prazer é essencialmente a mesma coisa", brada Schopenhauer para a minha plena satisfação.

Quando nós caímos fora da torrente infinita do querer, quando nos libertamos da vontade, resta a representação, a arte, a minha pintura do Cristo na crucificação.

Só minha. Como um sábado à tarde só meu. Sábado à tarde, saibam, é uma representação de bem-estar que nos dá repouso. Não precisamos da vontade, nem do querer. Sábado à tarde está estabelecido. Ele se repetirá sempre assim. É calendário. É folhinha na parede. É Razão.

E aí que aparece a ideia como estado de contemplação pura. Isso é a essência de Schopenhauer.

E a razão, e o conhecimento, o domínio disso, é que nos leva ao estado de poesia. No meu caso, já veremos telas em seguida, em estado grotesco.

A ideia, a razão, portanto, é a genuína imaginação. E no sonho é onde se dão as melhores aparições da mesma.

E eu quero, por isso, dormir.

Levo a minha mão ao peito. Tento dormir.

PALÍNDROMO

O mundo é minha ideia

Schopenhauer, *Mundo como Vontade e Ideia*

Palíndromo para Schopenhauer no bacanal

Ana, bacanálica, Nova York a cavalo. O logo, o vácuo, o trote do turfe. Salta e letra, a!, colorado!, celeiro de ás.
Oreco.
A vida, Schopenhauer. Amarga, não?!
Mé, férias. Saí refém. Mesa de cama e trono, a cidade leva.
Ah, levo na área da fala, pódicrê.
Orvilha e lã.
Ervilha e lá.
Mé. Trocadualhos, a!, do carilho.
Medro.
Arte e letra.
Arte e letra, ordem:
Oh, lira!, coda, soh lauda cortem.
A Lê, ah, livre.
A Lê, ah, livro.
Erci do pala fã da era à 'novelha'.
Ave! Lê, dá dica, o norte:
ama, ceda sem mé. Férias.
Saí refém, o anagrama-réu. Ah!, né, 'pohcs', a diva.
Ô, cerosa. É do Ri e Leco, dá rolo cá. Arte. Lê. Atlas.
É fruto de torto ou cavo o golo.
Olá, vaca. Kroy. Avon.
A Cí lá na cabana.

TELAS

Pois em sua própria existência e em seus reveses perceberá menos sua sorte individual, do que a sorte da humanidade em geral, e seu comportamento será orientado mais para o conhecimento, do que para o sofrimento

Schopenhauer, *O Mundo como vontade e representação*

Oil on canvas 1 — Bacanal

Pela primeira vez me arrisco a reproduzir figurativamente Arthur Schopenhauer. E pesquisei as cores para o ambiente: o azul (ocre, gelo), o grená, o vermelho ardente (brasa, espesso), o marrom-terroso e o "preto úmido".

São raras as imagens de Arthur Schopenhauer. É a figura de um homem relativamente alto, já um pouco envelhecido, com uma face mal-humorada e silhueta de poucos amigos que tem à mão uma taça.

Ele está cercado de mulheres feias, nada modelares, faces cadavéricas, mulheres decrépitas, gordas, banhas que desprendem nos braços nus. O sorriso destas mulheres seminuas e com lingeries num vermelho ofuscante ressalta o tom amarelado dos seus coxões e bundas com marcas enormes e profundas esculpidas pelo tempo.

Bundas enormes com estrias aprofundadas. O riso de escárnio no rosto de cada mulher.

O riso de imbecil de uma.

O riso bêbado de outra.

O riso idiotizado de uma terceira loira artificial.

O riso sem riso daquela mais distante de semblante triste, mas falsa na representação que alcanço ao lhe dar vida em meio ao frenesi.

Uma outra ainda baba. O vinho tinto a escorrer como uma baba nojenta pelos cantos da boca, enquanto confabula com aquele alemão sério e com aspecto de ranzinza que é o único a não se divertir.

Meu Schopenhauer parece contemplativo ao jeito que seu braço posiciona a taça. E não move a outra mão que traz enfiada no bolso de seu terno escuro.

O ambiente inteiro é tomado das cores mais quentes: o vermelho, o marrom-carvão, o amarelo-fogo, um cinza-verniz muito brilhante, esquentam e tornam um verdadeiro inferno aquele ambiente de certa forma acanhado onde se dá essa junção carnal.

Ah, minhas mulheres já ultrapassadas em idade! Ah, suas coxas com suas marcas e suas bundas que insistem em fazer pose sensual!

É um incessante mover de corpos marcados pela similaridade do feio, da decadência, o túmulo da beleza em minha mão cemiterial.

É um pequeno cartão-postal do inferno que se tem à disposição com o velho Arthur pessimista a contemplar e sem se distrair.

O contraste é mesmo forte entre a expressão séria do alemão sóbrio e sombrio naquele ambiente bacanalesco e abismal. O Schopenhauer taciturno é o único homem presente ali em meio àquele batalhão de pernas e seios aos borbotões.

E tem de ser assim por minha Razão.

Oil on canvas 2 — A morte da vaca louca

Vacas holandesas são dóceis. Por isso, um dia na minha infância em Bom Jesus, fui surpreendido que a vaca holandesa leiteira do meu padrinho Carlos Jacoby havia enlouquecido. A Estrela — era chamada assim por trazer na testa exatamente o formato de uma estrela — era uma vaca holandesa banal: preto contrastando com pelo predominante branco, com raras outras manchas cinza acima dos cascos, o que não era natural para a espécie holandês.

Aconteceu, então, que a querida vaca Estrela parece que andava louca. Ao invés de pastar no gramado que circundava o banhadão, a Estrela começou a se alimentar de caraguatás. A planta, como se sabe, é espinhosa, asperenta, difícil de mastigar, engolir — e decerto a Estrela levaria três dias pra fazer aquela combustão digestiva anormal.

O gramadinho era tomado pelas vacas de meu padrinho e o lugar era particularmente nostálgico para mim. A cada recolher das vacas para a ordenha eu lembrava que minha mãe morreu.

O "campinho", como todos chamavam, era base de um morro, em cujo pico plano ficava o cemitério de Bom Jesus. Lá, estava sepultada a minha mãe negra de criação.

Certo final de tarde, quando fui "buscar" as vacas, finalmente vi a Estrela em sua demência propalada quase até em Caxias do Sul.

"A vaca louca de Bom Jesus" havia adentrado o banhado, e já se ia atolando e prosseguindo no seu desiderato de nem olhar pra trás.

O que havia no centro daquele banhadão era o que o meu padrinho dizia ser um "Olho de Boi". Mas, na verdade, era um prodigioso fragmento de areia movediça, perigosa, mas tão perigosa, que era até proibida se contar para guri.

— Estrela! Estrela!

Que nada da vaca me olhar. Eu, sozinho, apenas com uma cordinha, o que poderia fazer?

Lembrei do meu padrinho. Mas, coitado, com a suas pernas reumáticas, ia chegar no banhado com a Vaca Louca só amanhã de manhã.

Resignei-me sem rezar. Apenas me voltei para o lado do cemitério e fiz um pedido para a minha amada negra então: "Não deixa essa vaca afundar, mãe!"

Sem mãe, sem padrinho, sem pai, restou que me resignei a acompanhar o avanço da Vaca Louca. E a vaca foi indo, cada vez mais indo, até que começou mesmo a afundar.

Estrebuchava.

Era uma espécie de tosse bovina aquele seu estrebuchar na areia que já lhe entrava narinas adentro com a boca a baforar. Estrebuchou. Estrebuchou e desapareceu no meio do banhadão.

Certa manhã, tomei então minhas tintas e a paleta e inspirei-me na Estrelinha morta. Tomei a bisnaga de um marrom resiliente e o misturei com a tinta preta um pouco úmida. Obtive assim o marrom-terroso quase que na primeira vez.

Na segunda mistura experimental já ajustei o matiz. E pus-me então, com um pé na frente do outro, em posição de pintar.

O banhado surgiu logo em camadas espessas do meu bom marrom-terroso e foi o banhado que primeiro concluí, já finalizando a perspectiva que ia dar na estrada de chão batido na parte de lá do campinho.

O banhado em mãos, carreguei ainda mais no marrom, agora adicionando, além do preto úmido, um alaranjado ocre-escuro. Eu iria me alçar ao Olho do Boi.

Bem no centro do banhado amarronzado plasmei camadas de tintas mais espumosas para dar aquele tom sombrio e brilhoso que um Olho de Boi tem.

A minha madrugada avançava, mas agora é que vinha o maior "valor" a trabalhar.

A vaca se matando.

Eu não possuía experiência nenhuma anterior. Mas, como caí resignado, a cordinha dos derrotados jazendo ao meu lado, eu tive a plena contemplação do estrebuchar da Vaca Louca de Bom Jesus.

E do centro do Olho de Boi, daquela areia movediça, pari então aquela cabeça de vaca baforando e aos tussos. A bocarra bem aberta com os dentões amarelados e do focinho a respingar um alaranjado ocre que era a areia movediça e fatal. Areia que a Estrelinha engolia pelas fuças e que ia afetar direto e rapidamente os seus pulmões.

A vaca parecia querer ainda viver com aqueles seus olhões negros que tisnei aí só com o preto úmido.

Por Deus, eu atingi a lágrima.

Por Deus que aquela vaca morria afundando na areia movediça a chorar.

Tomei minha cordinha de menino derrotado. Levantei do gramadinho e assinei: Lazarus Abdon.

Oil on canvas 3 — A doceira

Em uma viagem de verão fui à Lagoa dos Patos. Sentado na sua margem, fui arrebatado por um imenso desejo de contemplar e de repente aconteceu. O céu escureceu com nuvens sobrecarregadas para chover. A água da lagoa juntou-se ao mar e aconteceu uma ilhazinha na areia com quatro cisnes. E se encontraram com o céu.

Voltei a mim e neste mesmo cenário aconteceu uma doceira em cuja companhia vivia um irmão muito doente e um cão triste.

À noite, recolhido com minhas parcas tintas, fiz de cavalete os pés da cama. Estendi ali a tela e, de joelhos, comecei a esboçar o que objetivava ser a doceira, o irmão inválido e o cão triste.

É noite também para ela, que usa um chapéu marrom tisnado e sua blusa é de um desconcertante amarelão com cavados em seu humilde torso. Nem mesmo eu sabia como também frigideiras e caçarolas compunha o contemplar da doceirinha para aquela lua de um azul muito terno.

Era eu de joelhos e com compaixão. Na tela, aos pés da cama, prevalecia a doceira desprotegida, o domínio da representação sobre a Vontade.

Quanta insatisfação!

Eu hesitava estonteantemente entre a versão crua, no traço do pincel simples, sem carregar na figura da doceira, que me parecia ser o ideal.

Mas o Satanás também madrugou. E estava aqui, na pousada, sussurrando ao meu ouvido: "Esquenta estas cores!".

Obedeci ao Satã, combinando mentalmente com ele que não passaria o estilete na primeira versão. Ela existia na sua simplicidade e mesmo para um pessimista, cortá-la ou rasgá-la ia me condoer.

Mas Satã tinha razão: se a "expressão da razão", a representação do mundo afastada de minha Vontade, eu haveria de embrasar o traço comum.

E me servi de um azul-ocre com um preto-seco que deu uma singularidade à tela com uma expressão plena de ardor, embaçando com estas cores quaisquer vestígios de caçarolas e frigideiras. A Lua virou um brasão de eclipse.

A blusa, cavada ainda protegia o magrelo dorso com um azulão de Iberê Camargo. Dos seus cabelos emanou o perfume das mulheres de Picasso. Tudo ganhava vida como os olhos de gato baldio a mirar tripas e miúdos de galinhas destroncadas.

A doceira está de costas. Nega o seu rosto. Tal gesto, não poderia mesmo ser plasmado de simplicidade, insinuar uma vida simplória naquela terrível tragédia pessoal. Sustentar um irmão inválido desde a mais tenra idade, que nem se sabia quando iria morrer.

Um tinha ao outro. Cada um com sua cota e mais o cão triste.

Eu também daria as costas. Eu também faria da Lua de Deus um Sol da Noite abraseado pelo vermelho-inferno de Satã.

Menos que isso, era ceder à vontade. Ser um pálido covarde frente à estatura de Arthur Schopenhauer.

Oil on canvas 4 — Atma

Atma, o cachorro de Schopenhauer, era literalmente o seu pastor. Um pastor alemão de pelo muito preto-preto o acompanhava até por lugares não permitidos. O mal-humorado do Arthur fazia questão da companhia do cachorro junto de si. Era ele e o cachorro, ou nenhum!

Almoçavam num refeitório de Berlim. Hegel havia morrido dois anos antes e Schopenhauer, no final da vida, sem mulher, sem filhos, sem ter mais com o Hegel para implicar, se empederniu ainda mais. Achava que sua filosofia era pouco, nada reconhecida, e era um velho saturado de tanto pessimismo que só cachorro para o aturar.

Atma era literalmente a sua "alma", a sua alma gêmea e, como de meu estilo, comecei o quadrão pelo plano de fundo, já com a perspectiva a me garantir a sorte do desenho em primeiro plano do cão.

Decidi naquela madrugada pelo azul. O azul do céu de Atma de fundo seria um azul-gelo. Não, eu não me renderia ao reles e ao mau gosto do céu azul-anil. Aquele cachorro, como as ideias de Schopenhauer, merecia de mim muito mais, o máximo de mim.

Abri os gavetões dos meus armários no ateliê em busca de todo azul que estivesse por ali. Eu ia usar uma bacia desta vez. Abandonaria a paleta e mergulharia meu pincel na "Bacia do Azul". A "Bacia das Almas", "A Bacia de Atma", o único amigo que Arthur Schopenhauer cultivou nos seus 20 anos finais.

O fundo azul borrei na tela de forma total com meu maior pincelão. E a pasta de tinta que eu trazia respinguenta foi por mim combinada na seguinte experimentação:

Azul banha.
Azul maçã.
Azul NASA.
Azul Havana.
Azul lavanda.
Azul vazar.
Azul Fantasma.
Azul Arca.
Azul alactar.
Azul pranta.
Azul Abrasa.
Azul tampa.

Azul marra.
Azul farda.
Azul Cala.
Azul PRAMM!!
Azul canção.
Azul chácara.
Azul Salsa.
Azul cachaça.
Azul bacará.
Azul grana.
Azul chama.
Azul ocre.
Azul alfafa.
Azul água e Azul Alacrana pra findar.

Pronto o céu de fundo, quase de joelhos eu fiz o rosto do cachorro de Arthur. O focinho com um grená embrasado, os olhões negros, o focinho súper, superbem dimensionado e com uma tonalidade jamais por mim alcançada com tanto carinho e amor.

Quando finalizei os seus olhos intensos e amistosos, o olhar que despendia ao seu dono amigão, eu disse AMÉM!

Diga Amém, irmão!

Oil on canvas 5 — A muda Lázara

A Calula era caseira de casas ricas junto com a filha Muda. A Calula era doceira de mão cheia junto com a filha Muda, morena linda, chamada Lázara. Era uma boa vizinha junto com a filha naquela vizinhança moralista e imbecil. As duas sofriam muito porque no lugar onde moravam o frio era inclemente durante 8 meses do ano no Brasil. A Calula, apesar dos dias de neve, nutria uma paixão ardente pelo polaco ferreiro e a muda Lázara detestava o mesmo. Engomava roupa pra fora e com a filha Lázara arejava as camisas dos negociantes sírios solteiros. E Calula conheceu o José Sachetto, coveiro, casado, e Lázara, muda, atendeu ao seu pedido discreta com suas feridas porosas, com sua lepra, com sua sarnosa coceira nos braços, com o seu tossir contagioso. A mãe devia ao curtidor de couro dinheiro e junto com Lázara febril e mancando de uma das pernas deram o ar de suas graças e desculpas. A Calula era da Maria do Pessegueiro e tinha na mudinha inválida e sarnenta a melhor conselheira. A Calula foi do Luiz Antonio Hortêncio, era de meio mundo. Deitou com Clemêncio, Evaristo, com o Nardinho do Seu Acácio.

E a sua filha lazarenta, de hálito ruim, de pele perniciosa, com sua nociva e infecciosa presença sempre junto naquele maior frio.

Nunca fui tão inclemente dentro deste espaço que é o meu mundo, neste meu ateliê.

Aproximei-me da tela inacabada e podia ver bem próximo a língua da muda enregelada de frio. Ao fundo, uma tempestade de neve.

Era o rosto de Lázara no meu primeiro plano da tela. Lázara mostrava a língua num tom amarelado bruto com um Cristo Senhor de túnica grená, os tradicionais olhos azuis, os cabelos longos e cacheados a estender a mão, como a estimar a desgraçada da muda mulher.

Antes de navalhar a tela e dar por perdida a minha madrugada de trabalho, tomado de uma insatisfação brutal, comecei a esfumaçar a língua lazarenta e a mão abençoada do filho de Deus.

Tisnei aquele amarelado bolorento da língua sem fala com um laranja esquecido, que pouco usava, mas que era forte, forte, forte como o meu corpo em propulsão. Investi na tela. Eu estava combatendo com a caridade com toda a força da minha Ideia e Razão. Eu estava insatisfeito no alvorecer do dia e só em Schopenhauer encontrava a salvação.

Borrei a planta da língua enregelada e exposta da lazarenta. Borrei.

Borrei. Raspei com a espátula e esgarcei com um pincel de fios duros a alma daquela língua que se ia para faringe afundar.

Puxei a mão com aquela mistura de amarelo bruto com alaranjado talhado e foi como se a mudinha vomitasse um véu. Um véu de noiva ao entrar na igreja no instante de uma tempestade de neve. Era a sua língua e ela se esgarçou ainda mais da boca. A língua afora. A língua, eu repeti ao pintar.

Voltei-me então com descompaixão para Cristo. À cor tradicional de sua túnica tratei de impor febrilmente um vermelho quente, brasa, queimando, queimadura de tinta em terceiro grau. Era a representação da fogueira do Inferno. Não havia mais caridade — e eu me sentia livre e apaixonado ao esfumaçar a mão de Jesus.

Cinza no meu sonho. Cinza de cinza de fogo acabado era a mão de Jesus.

Há pouco, estive por retalhar esta tela. Agora, eu estava feliz. Era um Lazarus crítico, um Lazarus dominando a Vontade, um Lazarus longe do proverbial e imbecil.

Exigente este Lazarus ali. E o sol acontecia de clarear um novo dia.

Porém, faltava um arremate difícil, que procurei assimilar logo de vez. Eu precisava fazer o mundo daquela muda não como "vontade cristã", mas como a sublime representação racional que apreendi em Schopenhauer.

— Ãhãhn! Ãhãhn! — balbuciava a mudinha lazarenta em meus ouvidos no silêncio do ateliê.

E eu a compreendia.

O seu "Ãhãhn" era a forma de renegar Jesus.

Finalizei então a tela e me quedei fatigado num velho sofá.

Adormeci no amanhecer.

Oil on canvas 6 — Inseticida pra botar no carro

Escolhi de forma bem pensada que a cozinha do senhor Fayet deveria me impulsionar num jogo de claro-escuro, tal a forte personalidade do nosso modelo. Utilizei o azul-ocre, o grená-sombreado, o vermelho-ardente (carvão-em-brasa) e um tom de marrom-terroso no rosto das figuras que estão no recinto. A visitante e seu bebê, Fayet e a esposa Mariinha, tendo ao fundo a filha Avany.

Usei cores *vantajosas* para a composição do colorido a partir dos objetos na mesa, sem que parecesse uma natureza-morta de amador. A faca que Fayet crava no queijo é de um brilho incomum. A sua haste é brilhante e ele a crava com seu movimento esparramado. E a recrava no queijo como se estivesse em uma batalha de uma revolução. É um crime no queijo tal ímpeto de nosso mal-humorado personagem que senta com meia mesa só pra ele. Esta mesa será em marrom-fumê. Mesa rural. Mesa de colônia. Mesão marrom.

Rosa aparece com seu olhar humilde e exasperante, clamante de compaixão. Rosa é mendiga da benevolência do homem irritado com a faca espetada com raiva no queijo no mesão.

Mas a Vontade se expressa na tela. É arte menor, mas há esta correspondência no gesto meigo e apaziguador de Dona Mariinha ao estar postada por trás do senhor Fayet com um ar de Virgem Maria que recém chegou do Céu.

Avany, por sua vez, é o pai em saias. É a Razão em saias que muito agradaria Schopenhauer.

Saia branca, com listras pretas em "V" na altura do sutiã, Avany é soberba. Ela gerencia a cena, enquanto o senhor Fayet trata de protagonizar. Está com um colete em cinza-claro de seda brilhante que dá harmonia aos reflexos raiados da faca de fio.

CATO TINTA NA PALETA E A PALETA A
F
U
N
D
A me levando para o
baixão escuro do poço.

Não nasci para criar telas de "cenas gerais". O pessimismo é individualista por natureza e tão só.

Oil on canvas 7 — Pelada

Natureza-morta, para um pessimista, só se admite no Cubismo. Ou uma natureza-morta que traga algo de inquietação.

Detesto a representação de frutas, verduras, flores, isto é o suprassumo da falta de imaginação. A natureza-morta, guiada por Schopenhauer, é a natureza morta na verdadeira acepção da palavra. É a falta de vida. É a falta de brilho. É a falta de qualquer beleza.

Morta e feia.

Em mim, é marrom-ocre uma bola de futebol que resta solitária num gramado de um verde muito forte, um verde carregado no tom, uma tonalidade que dá alguma avidez ao quadro sem movimento algum.

A bola é o centro e nela o marrom pesa. A tinta é bem delineada gomo a gomo que se une em costuras com o marrom mais claro e úmido em contraste com o couro seco da solidão da bola jogada à solidão.

É a natureza-morta da inutilidade. É a natureza-morta da inutilidade da paixão. É o triunfo da vontade, é o triunfo do querer, do querer passional, fanático, enlouquecido. É o triunfo do otimismo sem que os protagonistas mereçam estar ali.

É um estádio de arquibancadas vazias e um gramado sem jogador e juiz.

É uma crítica mordaz. O objeto morto da Vontade isolado. Em sua cela solitária, que é o gramado em um fundo de arquibancada como perspectiva, é a solidão total.

Um estádio sem público. Uma Vontade sem ator e atriz. Uma paixão sem par.

Resta enfrentar a Vontade com a maior e mais impactante solidão. Em marrom-ocre.

A bola morta não será chutada dali.

Oil on canvas 8 — Sambinha de roda

Pandeiro em couro surrado e curtido pelas mãos do tempo. Retrato. Vontade.

Cavaquinho de cor preto-claro sendo tocado por dedos ágeis e com o músico feliz. Retrato. Vontade. Um Portinari de 3º escalão.

Morena vocalista, de cabelos crespos, seios fartos a explodir para fora da jaquetinha de seda bege. A boca como quem alcança uma nota maior. Retrato. Vontade. Desejo.

Inscrições do senso comum nas paredes do boteco. Axé! Saravá. Saravá, irmão! Tudo muito banal.

Pulseiras, miçangas, pulseiras em braços, pescoço e mãos. Representação para japonês ver e se encantar. Representação para um alemão apenas contemplar meditativo e sem reação maior.

Um pôster de Glauber Rocha com as mãos simulando uma câmera. De bocejar. Pôster em preto e branco em meio às cores vivas e alegres do boteco com confetes pelo chão.

Sambistas. Sambista só, com o passo miudinho, a velha tradição no velho senhor.

O velho sambista é apenas um retrato. Um pouco mais apurado, deixa de ser um Portinari e passa a ser um Sebastião Salgado para o mundo encantar. Não há arte aí, pois. Nenhuma transfiguração.

Um casal de sambistas jovens, ágeis, exultantes, uma energia que os movimentos das ancas, pernas e pés são um movimento realista escancarado do jeito do carioca ser.

Retrato batido. Carmen Miranda também já o fez equilibrando um abacaxi na cabeça e sequer carioca era.

À direita do telão, a ala do hip-hop. Jovens mulatos de camisetas regatas fazem poses com o corpo curvado e se percebe a profusão de palavras que estão a disparar.

SOCORRO. SOCORRO. SOCORRO.

Eu começo a cortar com a navalha este quadro monstruoso que concebi e passo a uma nova tela. Limpa, nova, toda branca. E ela receberá com meu preto úmido em bisnaga recém-aberta, o meu mais bem delineado fuzil.

Dirão que é o Adriano Imperador com o seu fuzil.

Ôoh, yeah!

Oil on canvas 9 — Propineiros

Preto-e-branco. Coloco no balcão ao lado uma dúzia de bisnagas tão somente de preto e branco. Quero fazer nesta tela uma pesquisa monocromática, que me parece adequada ao que se passará aqui. Ontem, olhei vários óleos de Francis Bacon e fiz esboços com caneta servil. Refleti e esbocei desenhos de traços indicativos de cada uma das 12 figuras que sentarão à mesa para esta reunião de motivos escusos e nacionais.

Estão bem-dispostos: uma espécie de líder senta à cabeceira, outros cinco distribuí em ambos os lados e, de costas, sem rosto, o 12º homem do conluio.

Prego com um percevejo este papelote na lateral do cavalete. Por ele e por meus instintos me guiarei.

O homem de terno alinhado à cabeceira é um sujeito taciturno, olhar dos facínoras e com o crânio nu. É careca e sua cabeça tem uma espécie de cadeia de montanhas com abismos, despenhadeiros e é muito reluzente.

É a representação do mal e seu olhar, de fato, fulmina. Seu olhar se espraia na extensão da mesa como se fosse uma águia em voo. Preparo então meu pincel e meu pessimismo para friamente desenhar o momento de suas garras. Suas garras a penetrar nas carnes putrefatas e amorais dos outros 11 sujeitos presentes ali.

Este careca líder tem em sua frente duas agendas e uma folha de tamanho maior que o normal. Parece ser um organograma que não se revela e não se pode, portanto, com nitidez ver a relação de nomes — os valores anotados em cifras em casas de zeros, saiba-se lá.

Este homem prega aos seus pares como se fosse um pastor ditando Salmos antiéticos, amorais, lesa-cofres, dinheiro em espécie que imagino sem conceber. Dou-me ao trabalho de quase realisticamente retratar aqueles pares engravatados nas suas esporádicas anotações.

O preto e branco me atraiçoam e quase alcanço um sépia e isto meio que, ainda na metade do quadro que produzo, domina o ambiente.

Vou para a segunda parte do meu trabalho. E é tudo lúgubre no que se transfigura em minha total contemplação afastado um pouco da tela para melhor enxergar. Eu quero melhor ver onde plasmarei o sujo e o desonesto. É o que me cabe agora finalizar.

E mergulho neste ambiente sombrio como se jogam os imprudentes em poços escuros de profundezas nunca medidas. Mergulham já semimortos antes do afogar.

Águas escuras, densas, paradas. Água quase barrenta, pesada, ancorada às margens do rio. Peixes graúdos todos ali neste rio quase noturno pela sombra da vegetação que o margeia.

Lança uma luz central sobre este anoitecer que criei, guiado por esta mão turva que o Diabo interpôs agora entre nós. Estou só no ateliê e tomo o garfo do Diabo e faço dele o meu pincel. Faço pender desde o teto uma luz sobre a mesa que caberia ao velar de um corpo que afogou num rio de fundo sem fim.

Há pouca perspectiva. E ela é também escura, cheia de sombras e estampa um mapa do Brasil. Em preto também. Cada estado da federação está em negro e dependurado na parede bem por trás.

O homem que dita a reunião é visto por cima do ombro do sujeito de costas na outra extremidade. Meu azul-ocre sem brilho é buscado agora com sofreguidão na minha paleta. Sem o embaraço inicial, faço a representação do mundo de forma apressada já. Busco de novo na paleta um marrom-terroso preferencial. Desisto do monocromatismo inicial e vejo que a consonância do quadro é um jogo que bem construí. Eu alcancei com sucesso e regozijo o escuro para a base da tela.

Uma luz azul-ocre, gelo-endurecido em pinceladas firmes de branco-verniz, se derrama no que refaço de equívoco daquele sépia caçula inicial. Agora, no meu êxtase, tudo do teto se despeja soturno e lúgubre. A reunião tem sua sinistra harmonia, conveniente e intencional. Troco de pincel então.

Minha mão se socorre do papelote fixado na lateral do cavalete e reproduzo dali a grotesca figura que esbocei no dia anterior. Está à direita do executivo à cabeceira da mesa e é um indivíduo gordo, bochechudo, o terno amarfanhado. Sua gravata, incorretamente larga, se arrasta como uma cobra jararaca desde o seu gogó ao espaçoso barrigão. Este homem mal cabe em si e dá uma sonora gargalhada, que rivaliza com o olhar fulminante do anotador central.

Dou-me por satisfeito e lavo os pincéis. Minhas figuras, a propósito, estão também ali a lavar.

Oil on canvas 10 — Quebrem as esquinas do Brasil

Na praça de Bom Jesus há um pedaço de calçada que é feito de nós de pinho. O passeio não mede mais que 200 metros, e é ladeado à esquerda por um chafariz de águas coloridas nas noites estreladas. À direita, há um WC Masculino, no interior do qual, acima do mictório, há peças artesanais, como bonecas de pano, cavalinhos de couro com um gaúcho a lançar armada numa vaca a disparar. Numa manhã de domingo de sol resplandecente, que curiosamente ao bater no pinho não refletia nenhuma luz — gasto que está o passeio de tanto pisar —, uma moça muito bela, de cabelos longos, negros, úmidos, escorridos, fez o contorno nas lajotas portuguesas da beirada da praça e adentrou na calçada de pinho. Fazia frio, embora a manhã ensolarada e, talvez por isso, os peixes vermelhos e azuis da base do chafariz não se deixavam ver. Por isso, concentrei toda a minha atenção naquela moça que "quebrara uma calçada de pedra para a outra de pau na cidade em que nasci". Como um apaixonado imediato, a desnudei daquele afofado casacão forrado de lã. Seu capuz deixava fugir alguns fios angelicais de seus cabelos de santa morena. Fiquei então naquela esquisita contemplação que acontece ao homem uma ou duas vezes na vida. Zambelli, o projetista da praça, desenhou no croqui a pequena extensão da calçada. Visto de cima, o passeio de nós de pinho parecia o casco de uma tartaruga gigante retalhado na horizontal: pinho a pinho, preto e cinza, cinza e preto, intercalando os tons. Um tabuleiro de Jogo de Damas. A moça dobrara a esquina projetada e se aproximava agora pisando os nós de pinho e se chegava muito perto desse homem em plena e absoluta solidão. Se eu subisse naquele instante na torre da igreja, veria a moça a se deslocar casa a casa no seu Jogo de Damas. E então tocaria o sino por ela. Ela trazia uma sacolinha peruana atravessada sobre o casaco americano afofado e de cor azul forte e nos ombros atravessara duas alças de uma mochila. Partia. Partia e não foi pura coincidência que quis pela última vez a calçada de nós de pinho pisar. Foi providencial e pensada a sua decisão. E, por isso, como numa passarela, ela agora, tão meiga encoberta por seu capuz que a escondia do sol, passava lentamente a olhar para os peixes escondidos no tanque extenso do chafariz. Nem dera por mim. Demorou a manhã inteira aquela cena imediata da moça a quebrar a esquina da calçadinha feita do seio da araucária. Pisava aquela calçada de nós de pinho que, ao serem arrancados do ventre da madeira, são como filhos paridos e banhados num sangue vermelho morno, um sangue vermelho morno como costumam as mulheres menstruar. E eu a imaginei por debaixo do jaquetão afofado trajando a sua calça de jeans, que de fato vestia muito ajustada ao corpo, e que delineava a rigidez, a beleza e a solidez do seu jovem corpo. As coxas firmes. Calçava um tênis azul, vermelho e cinza e com ele, talvez, pisava pela bilionésima vez aquela calçada de nós de pinho de Bom Jesus. Milhões de pés antes já haviam pisado ali. Mesmo minha mãe, antes de morrer, centenas de vezes passeara por ali, ora apressada, ora toda orgulhosa enganchada em mim. Estava sem sutiã a moça de agora nesta manhã de domingo? Estava sem sutiã como minha mãe providencialmente ficava na época de ainda me amamentar? A moça parara absorta com o tanque do chafariz, apenas talvez um pouco inquieta com o ar de mijo que exalava do WC Masculino apesar do frio. Ela acolhia o sol e mirava em busca dos peixes e seus olhos eram dois anzóis lançados sem isca, por Deus. Refugava num ou noutro lado do tanque ondinhas de mar que se formavam no chafariz, o que indicava que os peixes vermelhos, azuis e amarelos ainda estavam ali. Nas profundezas do tanque para se esconderem do frio. Escondia-se com o capuz a morena e, vá lá, ela que sequer em mim notara, estava mesmo sem sutiã, estava talvez só apenas com um top por baixo do blusãozinho de lã. Sem ser notado imaginei com mais precisão seu top de um amarelo desbotado com inscrições em inglês em tom de tinta negra forte e derramando-se na minha imaginação. Não havia desejo em mim. Não havia vontade em mim? Houvesse, e eu já teria avançado e ousadamente teria a despido da calcinha minúscula que muitas vezes vi minha vizinha exibir na janela do apartamento de outra cidade em que hoje moro e tenho ateliê. Não cheguei a tanto. Fiquei apenas sem ser notado absorto na calçada de nós de pinho murchos e sem vida, pisoteados pelas vidas de Bom Jesus. As cores brincavam em mim. E meu cenário eram as bordas do tanque do chafariz com os peixes vermelhos, azuis, amarelos, havia peixes verdes, e a borda cimentada do tanque era esmaltada de cinza-claro. A moça, como eu — eu já a imaginava de vestido florido a andar por países europeus no verão que acontecia de ser por lá —, parecia também brincar com cores no seu despedir. A moça também nada mais queria, desejava, apetitava de Bom Jesus. Quem parte é tomado da pura contemplação, nada mais ambiciona do que está a deixar. E assim despojada e mais linda ainda a moça nesta manhã de sol brilhante e fria de Bom Jesus chegou ao final do pequeno trajeto na calçada de nós de pinho. A moça já durara a eternidade da luz. Toda a eternidade da Matemática. Toda a eternidade da arquitetura europeia que ia em busca. Toda a eternidade do meu amor de 4 minutos, talvez. E ela quebrou então de novo a esquina, deixando a calçada de pinho, e passou para a calçada de pedra banal que trataria agora de logo atravessar. Atrasara-se ali sem me ver. Atrasara-se ali enquanto eu terminava a melhor tela que haveria de conceber. Pena. Pena. Pena que ela passara e deixara esta dúvida que se prolongaria longamente em mim: seu rosto era oval ou mais cheinho? Morena, cabelos de Iracema úmidos, isso eu soube, sei, jamais esqueci. Morrerei e saberei. Mas, seu rosto? Seu rosto! Partia a corajosa moça só. Tomaria logo o ônibus naquele final de manhã até o primeiro aeroporto com voo internacional. E por isso a moça quebrou pela última vez a esquina de uma cidadezinha fria do Brasil. Bom Jesus e eu. Nós dois sem a moça que a esquina quebrou. Ela que passou para a nossa festa de cores em casal, embora a sua indiferença por mim. Imperturbável, quebrou a esquina para a minha tela. E tudo o que seria então depois transposto do meu coração para a tela, para a paleta, para os meus pincéis e espátula seria do conhecimento que dela tirei. Não a desejei e nem quis salivar nas dobras bem-delineadas de seu jovem corpo. Ela receberia em minha tela, porém, um doce raio de sol. Seus cabelos de índia Iracema fugidios do capuz. Há uma placa indicativa ao lado da calçada de nós de pinho: WC Masculino. Sinto vontade de urinar. E urino pensando não saber a forma justa de seu rosto. E também ainda urino a tirar muito da visão oferecida por ela. Seus lábios generosos, sim, graúdos, graúdos como seus olhos a quebrar a esquina da calçada de nós de pinho. Era como se estivesse a olhar para trás pela última vez. Olhou e ainda assim não me viu. Jamais me viu a moça que eu vi banhada de sol e frio de Bom Jesus.

Ôh, jovem, moça, linda, passos compassados na calçada de nós de pinho, olha o poema que te fiz:

Quebrem as esquinas por mim
que eu parti
Quebrem as esquinas por mim
que eu, bêbada, nas noites do meu país já quebrei
Quebrem as esquinas por mim aí,
mas não melancolicamente,
quebrem fazendo gracejo, quebrem por amor

Quebrem as esquinas do meu país
não tristes,
que a tristeza é um dom herdado quando se sai
Quebrem as esquinas sem lágrimas,
em altos brados,
com a alegria de quem ficou

Eu deixo a alegria de vocês preencher a minha ausência
novas bêbadas
adolescentes
novas sonhadoras do meu país:
gritem alto!
não deixem o Brasil,
vácuo estrelado, a pensar:
os seus filhos que partiram...
os seus filhos que ficaram,
quebrem as esquinas por mim.

Andem!

E bebam na boca destas ruas como se uma última louca de saudade estivesse a pedir.

OS PÁSSAROS DE ÍCARO

PARTE I

O polígrafo de Ícaro

Eu sou Juvená Rosa mesmo dito, um pé sujo, andarilho de Oaio, e vô inventá procêis a estória mais verdadeira, verdadeira sem mentira que a minha terra há de engoli com eu. Com data e tudo lhe conto de um home com asa que numa vez eu vi sobrevivê ao cair lá de cima do céu. Meu Crem dos pai, se vi! Quaji não vi que a neve era tanta depois que o céu enegreceu. Era um meio-dia quase encarnado na folhinha, sábado depois da comida, e que pontearam por rubricá 20 de julho de 1957. E fui eu e mais o mundéu inteiro se consumindo e se acabando e pedindo de quando em vez de repente se vancê esfreiasse pra cima ia vê que seria encoberto por uma tempestadezinha de neve, densa e demorada como nunca nem minha santinha da bisavó adorada nunca que ela viu pra inventá como agora invento aqui. Me acredite mesmo sem os dicumentu que tenho honra no pá, pá, pá do que digo, e num é qualqué duro di Ki-Suco que vai me detaiá meio pur aí. Nas faculdade, se me chama, eu falo do Esputinique e dou cem por cento por certo que toquei com essa mãozinha que é um argodãozinho de tão braba e lazarenta na asa daquele santinho que por riba da igreja santa se estuporou. Eles lá dizem que tenhu uma qualidade que é sabê pronunciá bem direitinho o nome de autoridade e pessoa em geral. E que eu também sô interessante por usá a palavra por duas vez. Argodãozinho como um corpo magrinho daquele anjinho de asa que caiu na igreja e argodãozinho quando pego essa mania minha de dizer uma coisa pra ser outra. Argodãozinho às vezes pra eu é pedra, é a coisa mais pesada do reino minerá. Quequé! Não lhe invento então um acontecimento do melhor evento que qualqué oaiesense nunca viu de esquecê?! Que era o Ícaro. Vancê já ouviu dizer das mitologia como o Engenheiro Gioacchino costumava ler em milano antes de se acampá por Oaio com as Philips de marca dele essa roubadora de alma que ele carregava como um rifrão em guerra civi? Ôre, viu que o senhor nem viu, nunca tinha visto o que eu comecei a contar. Já comecei avoando com home ferido de quase morte num meio de tempestada escura forradinha de blocos de neve. Aquela brancura que era a mesma brancura do meu angorá pobrezinho que se enregelou e padeceu comigo iguá. Mas eu lhe falava do Engenheiro e como em mim pra mim eu concordava com ele que era melhor a roubadora de alma do que eu escrever sem saber lê. Fizêmo então o pacto dos dois se ajudá. Ele faz o que não faço e ele conta o que lhe invento sem nenhum esquecimento no seu modo de escrever o que roubá de mim. Assim seja, será.

Ícaro é anestesiado com cachaça

Alguma "coisa misteriosa", um fenômeno além da neve ocorrera ali.

Oaio, pequena, a mais fria localidade do Brasil, além do Euclid delegado, contava apenas com dois soldados. A dupla Dayton e Wellington. E foram eles logo avisados que alguma "coisa estranha" se mexia no alto da igreja.

Dayton e Wellington logo chegaram com uma grande escada e pediram que alguém também chamasse o Dr. Caio, médico inquieto e ativo, que viera se estabelecer na cidade com o seu sobrenome Paixão.

Era um ou era outro, por todos chamados e tão logo chega o Caio da Paixão, os três começam a subida da escada, acompanhados por um quarto homem. Quino, Gioacchino, um italiano entendido em instalação de água encanada, que viera instalar a Hidráulica na cidade que tanta água solta tinha pra potalizar.

E Gioacchino, italiano culto, fazia uma espécie de diário de sua estada em Oaio, filmando tudo o que fosse escarcéu com uma pequena roubadora de almas da marca Philips e já com zoom.

Amigo próximo do Paixão, não encontrou obstáculo ao registrar o primeiro contato do médico com a estranha criatura que agonizava na cobertura da igreja encoberto de neve até não mais poder.

— Mas é Ícaro!!! — exclamou o italiano.

— Você andou bebendo muito vinho com esta neve - retrucou-lhe Caio. A dupla de soldados nada entendeu.

— É Ícaro, Paixão! — insistiu Gioacchino.

— Quino, não me atrapalhe. Já fiz muito em deixar você subir aqui. Filme e fique quieto — irritou-se o médico, enquanto pela primeira vez tocava com cuidado na asa daquele ser que era humano enregelado.

Os três carrilhões de sino badalaram. A neve se adensava e começava a anoitecer. Ainda assim, um banzé de gente começou na lateral da igreja. Os 40 metros da matriz, mais os sete metros da sua imponente torre, foram engolfados por nuvens densas, carregadas, muito escuras, que prenunciavam que o temporal apenas começava naquele sábado à tarde e se estenderia pelos próximos seis dias até.

Na mitologia grega, Ícaro é filho de Dédalo, descendente direto de Zeus, o deus dos deuses. Dédalo acabou cometendo um crime, matou um sobrinho seu. E pai e filho tiveram de fugir para a Ilha de Creta, onde Minos, amigo de Dédalo, era o rei. Nesse tempo, Pasífae, a esposa de Minos, traiu o rei com um touro, de cuja conjunção nasceu o Minotauro que era preciso esconder.

Minos então pediu ao amigo Dédalo que desse um sumiço naquele ser monstruoso que crescia e crescia misto de homem e touro. E, assim, Dédalo e Ícaro criam o "labirinto de Minos".

Com a morte do Minotauro, pai e filho acabaram eles mesmos presos ao próprio labirinto que haviam criado. E ocorreu então a Dédalo uma maneira de fugir: eles providenciariam asas, que acoplariam ao corpo e sairiam do cerco voando.

E, de fato, se utilizando de cera do mel de abelha, de asas de gaivota, arbustos e folhas, criaram asas enormes que lhe conferiam a possibilidade de voar.

No entanto, cavalo passarinheiro, Dédalo aconselhou ao filho: nunca voe muito próximo ao sol, que a cera derrete. Jamais voe entre tempestades, que o charco pesa nas asas e a queda será fatal.

Ícaro, porém, jovem aventureiro e obstinado, quis experimentar a sensação de voar próximo àquela tempestade de neve, que tocada pelos ventos fortes viera se abater sobre Oaio. E, justamente, sobreveio a Ícaro a queda bruta sobre a cobertura da igreja.

A neve caía e os carrilhões dos sinos eram só um pra lá, pra cá. Sinarada com neve. E escurecia e Ícaro estava ali, agora, nos braços do médico Paixão, tendo só o emergencial.

— Isso teria de benzê com pena de urubu — sugeriu um dos soldados, Dayton talvez.

Era grave. Ícaro precisava ser removido. Estava muito ferido: coluna e asas quebradas, nó nas tripas, e sangrava muito no peito nu e frio.

Mas, vivo. Ícaro estava vivo.

E Caio da Paixão ordenou que fossem trazidas cordas. Não haveria outra maneira de descê-lo da cobertura da igreja, não fosse pendurado em cordas.

E os gêmeos Juvenal e Juvenil logo apareceram com grossas cordas.

— Apinxe. Apinxe a corda! — gritou o soldado Dayton.

Paixão queria porém antes aliviar um pouco a dor dos ferimentos que Ícaro fez. Ocorreu-lhe então que não tinha trazido morfina e pediu para os soldados na certeza de encontrar.

— Um de vocês tem cachaça aí?

Prontamente, Dayton puxou da parte interna do seu casacão militar um pequeno cantil e lhe alcançou.

O médico tomou então uma seringa grossa e sugou do cantil a cachaça que precisava. E aplicou na veia mais fácil de Ícaro que conseguiu.

Em seguida, começou a envolver o corpo de Ícaro com ataduras e panos, de forma que os ferimentos não fossem agravados com as amarras em seu corpo pra modi de ser baldeado igreja abaixo.

Juvenal e Juvenil eram dois gêmeos tarrudos e já estavam fresteando o corpo guinchado. E o corpo de Ícaro começa então a ser descido, como se desce um balde demorado ao fundo do poço para se encher de água e trazer de volta com a corda assim. Assim. Assim.

Ícaro era um algodãozinho. Era um jovem magro e esguio e não houve problema na descida. O acidentado, prontamente, foi recebido nos braços dos gêmeos em dois em jus.

— Coitado. Esse aí tá com o pala em chamas — disse Seu Liduíno.

— Não é pala é asa, seu purgante — repreendeu-lhe a esposa Kalida Belmont.

Ao mesmo instante, Caio da Paixão, com Gioacchino, descia pela escada. E, finalmente, se vergava como um caniço ao espanto do amigo leitor desde guri.

— "Virei a ideia", você tem razão. É o Ícaro mesmo, Quino.

Organizaram o transbordo de Ícaro. Desarrumava a colcha, mas trouxeram uma cama. Ela serviria de padiola com a qual os gêmeos, outros Barbosas e mais um pra nada levariam o quase mortinho para a Clínica Médica do Dr. Pedro Antônio Caio da Paixão.

Oaio inteiro ia sendo encoberto por um grande lençol de neve, mas neve tão forte, mais forte, forte, forte, que causou prejuízos e estragos, sem terem ainda contado a morte de muitas reses no além.

Atravessou toda a semana a tempestade de neve, já maldita como "O mal de Ícaro". A queda era e era, e não deixava o gado pastar. E daí, o jejum, o frio, tatu se entocando — e o abandono dos fazendeiros matou muitas reses, sim.

Era ponte que não dava passo e era rio que virara iceberg de gelo, por Deus. Dos campos verdes só se via pedacinho de capão igual um véu de noiva. Aquele veuzinho de neve com grinalda e tudo na copa dos pinheiros que o Quino, Gioacchino, filmava.

Uma semana. Uma semana de casebre pobre se arqueando nos barrotes com o peso da neve e uma semana do Caio da Paixão praticamente grudado nas asas do grego.

Que apresentava umas melhorzinha já. Mas o caso dele era feio mesmo. Praticamente se via que o Ícaro amassou bastante a lata, se amassou!

— Cheguei — se anunciava a beata do Candiago, que vinha passar a noite com o "homem passarinho", com umas galochas de lã que se estendiam até as canelas finas demais.

— Não me esqueça a Novalgina, às 2 horas da manhã, Bilia.

O Caio da Paixão dava adeus daquele jeito, pois ainda tinha um ou dois partos feios pra fazer debaixo da neve e uma parteira voluntária sem igual.

Parir no frio. Se parir fosse coisa de homem, só se fosse duro de Q-Suco. Estropiado de cangimbrina. Homem que é homem nunca se viu de parteira. Nunca se viu.

O Dr. Paixão é que era galo véio. Parece que nem dormia, parece que nem sentia frio, cansaço ou fome, vai ver.

E era paciente. Calmo como um padre. Diferente do Orly fazendeiro, que já se acordava dizendo: "Não me torre a paciência, que hoje amanheci de aspa virada".

É porque era já um terceiro dia de neve e o naváia do Orly tinha que sair pra desatolar um cavalo bom. O melhor dele. Um tordilho que ficou muito mais tordilho atolado de neve no que a philipezinha filmou.

Boneco de cavalo de neve nada! Era o tordilhinho bem belo dele em vida própria no gelo e filme depois.

Ficou sabendo dos outros, os vizinhos fazendeiros, que vinham "atossicando" que tinha gente (o Naváia, obviamente) que nem cuidava do gado, bem igualzinho o Governo com as pontes em geral.

Sem encontrar veterinário em Oaio naquela neve, o Orly Toledo então nem pensou. Foi direto no Dr. Caio se socorrer.

Na Clínica, o Naváia mostrou a um espantado Paixão por que era um naváia mesmo. Como um promotor num júri, começou a falar do seu Tordilho atolado na neve e foi a maior pantomima que o Caio da Paixão havia de presenciar.

O Naváia virava o pescoço de um lado pro outro, abaixava um pouco o corpo, remava com as mãos sem avançar no nadar e ainda relinchava melancolicamente dentro da saleta-consultório assim: "Iiiiiiiiiiiiiiiiiiiiiiiiiiiiiiiiiiiiiiiiiiiihhhhhhhhhhhhhhhhhhh!".

Era o tordilho, pobrezinho, que estava lá a esperar por ele pra receber a sentença de sair do movediço gelão de neve que num desvão do campo acabou. Três dias que estava lá e já era assunto de Oaio, quase igual ao tal de Ícaro de asa, veja só!

— Me ceda um litro de morfina que é pro meu cavalo mesmo, doutor, e lhe pago com queijo o resto do ano. Palavra de homem!

Melhor dizendo: palavra de promotor.

E a Viração da Costa só continuava. Não existia morfina, decreto ou Governo que apaziguasse aquela neve, nevão.

Nem padre. Nem freira. Só mesmo, quem sabe, a Orazília Benzeira. Mas espalhavam que a bisca dizia que neve não se benzia. Era uma bisca mesmo. Ôrra se negar!

Mal-agradecida, por cima, pois ganhava um litro de leite diário da Dona Elsa Leiteira, que a Orazília tinha curado a leiteira de um veneno de cobra pra nunca mais.

O Caio da Paixão gargalhava. Contava dessas e outras pro Gioacchino e almoçavam sempre juntos nos domingos. E escutavam jazz, gostavam de George Gershwin, discutiam livros de Fitzgerald, Hemingway, *O Som e a Fúria* acharam incompreensível de tão ilegível, e riram muito, mas riram mesmo que o Walt Disney era muito melhor. O Engenheiro gostava demais de Steinbeck, que o Caio ("ainda?!") não tinha lido. Preferiam o Mickey, preferiam, médico e Engenheiro, o Chaplin, "o gênio Chaplin", e se fartavam de rir por causa do vinho, da Boa Vizinhança e que a Carmen Miranda era o maior fiasco que o Brasil já mandou pra lá.

Tardes agradáveis de domingo em Oaio: John Ford, Orson Welles, o *Cidadão Kane* que viram na sala pulguenta do cinema local.

É que em Oaio tudo era muito americano e até blusões com siglas ianques a gurizada da dupla de friends usava sem parar. As duas famílias bem somadas davam em 18. Quatorze filhos pra serem criados sem Ginásio mais avançado naquele fim de mundo, com quase ninguém ateu.

O que tinha o bom médico de suportar. A Orazília o detestava. Rogava praga, falava em Vadrium Retro, Vadrium Retro, Satanás! A Orazília via nele uma concorrência forte e quando se discutiram na farmácia, dizem que ela saiu gritando assim: — Não bebo água dos teus ouvidos!

Mas voltando ao cagaço. Que cagaço tinha levado o Ícaro!

Agora, até uma aguinha já bebia por mão própria e via pela janela da clínica uma charrete de lenha picada que passava tastaviando na rua com neve de forma acidental.

Era praticamente um mudinho o grego doente. E a Dona Bilia, que se reveza no seu acompanhamento, pensava que ele aprenderia a língua se lhe contasse alguns causos.

E contou ao Paixão a sua vontade de fazer o asadinho começar a rir para melhorar. O Caio da Paixão concordou de imediato. E estabeleceu com a Bilia um trato, praticamente uma "cláusula" que ela devia cumprir: contar os melhores causos de Oaio para o grego se curar.

E começava. Dois fazendeiros irmãos moravam em pontos extremos e compraram um "gippi" cada um.

Aprenderam male, male a dirigir. Só sabiam andar em 1ª.

Quando um queria ir na Capela comprar "as bóias", mandava um dos filhos ir lá no irmão saber se o fulano também ia igual.

Como a estradinha era mútua, se o outro também fosse no dia, aquele não ia, não.

É que se encontravam no caminho e aí tinham de voltar de ré. E nenhum dos dois sabia dar a ré e uma vez ficaram quase dois dias com os gippis na estrada de frente um pro outro como se dança num baile pra se namorar.

— Hahaha. Levavam já até farofa pra pousar na estrada, no caso que se encontrassem. Haha!

A Dona Bilia ria do causo dela mesma e Ícaro já ria junto.

— Você tá só se parando comigo. Não entende nada do que eu falo! — a Dona Bilia dizia pro greguinho e assim passavam as tardes, quando já havia terminado o queimaço da neve que passou.

Fundamentos das 14 mulheres a escolher sapatos mesmo com o maior frio

O gelo queima o rosto. A neve deixa o rosto com o frio misturado que é um vermelhão só. Tosteia. Em Oaio não há uma santa alma que não seja amulatada. Morenos do frio. Morenos por frio, vento e neve nas facezinhas mais lindas nesse Estados Unidos que era ali.

Faça neve ou faça sol, sempre há um vento em Oaio. É um vento que se despacha de Uruguaiana e leva umas 17 horas pra chegar. E sobe a serra varrendo e é o frio mais seco, aquele frio intenso, sem clemência, que penetra nos ossos de cada vivente desde a concepção.

É esse frio que depois põe os rostos em brasa, como se queimados pelo sol. São todos rostos bronzeados do frio e que dão uma vida deles por um baile bem tocado, sempre, sempre, podem vir!

— Voceis vão, mas não comecem di pá, pá — os pais aconselhavam às jovens que iam aos bailes em companhia das tias solteiras e devardes lá.

— Dancem a música e cada um pro seu lado — orientavam.

Só que, quando o casal queria iniciar um namoro, batiam palmas no intervalo das gaitas e as promessas que pai ou vô queriam honradas se iam pro escambau:

Era até mais que "pá, pá". As palmas chegavam a fazer eco no pequeno salão. Era então um PÁF,PÁF,PÁF bem espalmado. A partir daquele instante, estava liberado o casal.

Era uma regra deles, era uma norma deles desde os tempos do Faxinal.

E claro que por lá chegava um meio já encangibrado, com graça por caus da cachaça e fazia o seu Paf! Paf! Paf!

Acabava se encasando era com a copa mesmo o bebedebum e era proibido, ah era!, dar carão. E se via cada moça mais bela bailando sem nenhum sorriso com cada sortudo leso que Deus fez de Adão.

O que é uma tradição?!

Fosse a moça dizer que não queria e já era entrevero feio. Na certa que era. Vinha a família inteira do renegado reclamar da renegação.

A moça por primeiro era protegida. Que ficasse afastada essa ali. E partiam pra tirar as boas. No soco, na faca, na pólvora, era só gente se jogando pelas janelas num mergulho salvador.

Ou seja. Pra se evitar que se estragasse dessa forma o baile e me quebrassem as vidraças, quando alguém convidava uma moça pra dançar, a prendinha era obrigada a corresponder com o seu "sim"; pelo menos duas marcas, "sim".

Duas. Caso contrário, já viram. Era briga esporvadeira, gente finada e família intrigada até o nunca mais.

Deusulivre deixar um vivente que tava por ali coringando passar vergonha!!

Passar vergonha em baile cheio por ser ruim das fuças, por ser ter um nariz grande, por não ter praticamente tomado banho, era o mesmo que ofender um juiz.

Duas músicas que fosse. E se o moço desprezado estivesse no baile com a família junto, alguns pais já retiravam todo o irmãozedo da festa, caso acontecesse algum desrespeito semelhante a este, enfim.

Certa ocasião, um par estava dançando muito próximo. O pai da moça se aproximou e deu a ordem:

— Fresteiem! Fresteiem!

Queria que ficasse um espaço entre os dois corpos, um espacinho de dois dedos mindim.

Ícaro ria de tudo isso e alguma coisa já compreendia da Bilia por labial.

Cada artiguinho, Ícaro já sabia que, em Oaio, eram moças muito bonitas. E eram bonitas as morenas de Oaio porque se cuidavam mesmo, ora só! Não viram então ontem na Loja Camponesa que 14 delas, mesmo com todo o frio e neve com quase dois metros de altura se não foram comprar sapatos lá. Foram.

Elas queriam estar de sapatos novos no baile do próximo sábado, já sem neve, no Baile da Capela dos Almos, na casa do Bota Amarela e bombacha azul.

O "meti cara" Juvená não gostava do prefeito vaidoso

Dr. Pedro Antônio Caio da Paixão exultava. Com a chegada da primavera, Ícaro deixou o leito. Caminhando pausadamente, atravessou a praça em direção à casa do Gioacchino Marinni onde seria então puçuqueiro.

Com a primavera, despertaram as flores, as folhas, os galhos retomaram a vida, "O Mal de Ícaro", a tempestade de neve que causara tanta tragédia, parecia coisa já de um passado remoto, por Zeus.

Despertava a vida em Ícaro, o sol abria com raios as flores e a vaidade do prefeito Gordon como nunca se viu.

O prefeito de Oaio era peremptoriamente contra A Corrida Espacial, que com o lançamento do satélite Sputnik, programado para ser lançado pela União Soviética em outubro, ganhara um impulso jamais imaginado como nunca se imaginou.

Eram os russos acelerando a Guerra Fria que haviam estabelecido com os Estados Unidos depois da 2ª Guerra Mundial.

Embora Oaio fosse uma cidadezinha com pouco mais de 20 mil habitantes, moradores de fazendas e serrarias, com um comércio só agora despertando por causa do Archbold e seus eletrodomésticos, o prefeito de Oaio era contra a Corrida Espacial.

E queria participar do debate. Queria interferir nas decisões que o mundo tomasse com relação às duas potências já.

Escreveu ao presidente Juscelino. Mandou também uma carta ao líder soviético Kruschov, não se sabia em que língua escreveu. É que foi preciso pedir aos seus cupinchas vereadores uma moção de solidariedade ao presidente americano Dwight D. Eisenhower, mas que fosse escrita em Inglês.

Vaidoso e ativo, Gordon queria estabelecer alguma estratégia, uma coisa bem rápida e prática como era a prática dele para conter a Corrida Espacial.

E não lhe vinha em Oaio nas ideias que não fosse aquela pessoa: Quino, o Gioacchino, o Engenheiro Hidráulico descoberto por ele e migrado, culto, curioso, entendido no que fosse de tubos pra água encanar. Entendido em máquina de lavar. Entendido em todas as outras novidades e atendimentos insólitos que viessem aparecer.

Que em Oaio todos se salvavam com os dois. O Gioacchino e o Archbold.

— Dia, Arquiboldo!

— Bom dia, Seu Julião. Pelo que vi, sobreviveu à neve bem.

— Justamente. Só que uma outra, não.

— Ah, é Seu Julião. O que houve?

— A minha tevelizão, Seu Arquiboldo. Até truxe ela junto.

— Hummm.

— Tá sem sotaque e sem sembrante.

— Deixa eu ligar.

— Ligue pro senhô vê. Ela não invurta e nem proseia. Ô, marca diabo!

Prosa. O que mais era admirável em Oaio para o milanês entendido em represa, águas fartas e encanação era a prosa. Gioacchino ficava amigaço de um conversador fiado. Passava o tempo ouvindo a prosa dos vivos sobre os mortos. Especialmente, as prosas sobre o sumitério que o Seu Julião lhe contou.

— Lá no "Sumitério" tem tatu qui comi difuntu — ele ouvia. Ficava extasiado com um outro se metendo na conversa. Gioacchino adorava isso. Não era falta de educação, nada. Era complemento saboroso para aquilo que ele tanto apreciava. Ouvir. Ouvir a fala e a vida deles ali. Aqui e ali.

Só que nenhum daqueles naváia se deixava filmar. Até trocavam umas ideias com o Engenheiro, mas nada de vir se parando de lacaio com aquela filmadora dos diabos.

Até lhe recebiam em suas casas, lhe faziam um reviradu, um frigi de ovos, mas tudo sem fulia de cultura.

Se alguma exceção corria, algum comum vaidoso como o prefeito se apresentava, logo se dizia: "Mais é mesmo um meti cara!".

...*"Mas eu lhe falava do Engenheiro e como em mim pra mim eu concordava com ele que era melhor a roubadora de alma do que eu escrever sem saber lê, fizêmo então o pacto dos dois se ajudá".*

Causa, fidelidade e respostas do prefeito Gordon contra a Corrida Espacial e Ícaro como o AntiCristo

Cavalo passarinhero no alvorecer da primavera, Gioacchino tratou de aproximar Ícaro e seus dois quase adultos filhos com os naváias que ele tinha vindo por ajustá. Era a chamada "turma dele, incluindo os filhos, pra que levantassem o muro da represa, pra que fossem abrindo lavo pros canos, pra mais de cem metros por dia assentarem. Canos soldados, cano embutido assim um no outro com a maior precisão. Quase dois quilômetros do Fundo D'águas ao reservatório geral.

Depois da visita do prefeito lhe solicitando ajuda, não é que o Gioacchino baixou a média dos 100 metros por dia dele. O Gioacchino agora só se concentrava na Corrida Espacial. Contra a Corrida Espacial também.

E ocorreu ao Gioacchino uma ideia. Para isso, precisava dos quatro naváias, que junto com ele e Ícaro poderiam construir o seu "engenho".

"Asas para Oaio" era o nome que idealizara para o louco projeto.

Paixão fartou-se de rir depois da segunda caipirinha. Não podia acreditar no que estava ouvindo do seu sóbrio melhor amigo.

— Ah, pegou a câimbra no freio, né, Caio da Paixão?! Não tem como não dar certo. O Ícaro sabe tudo.

— Vancê acoiére os burros, e deixe posarem acoieradus lá na estrevaria!— ironizou o médico, imitando o sotaque nativo e tomando mais um gole da sua caipirinha.

Asas para Oaio.

Ora essa!

O Quino tinha perdido a lucidez. O Quino, o prefeito e o presidente Nikita.

A Corrida Espacial. A Guerra Fria. Os Comunistas contra os Capitalistas estavam deixando este mundo louco.

— Tem que "benzê" esse mundo — proclamava a Orazília.

Pena de urubu, folhas de bananeira, hastes de jerivá, taquarinhas e cera de mel de abelha. Era só o que o Gioacchino procurava naqueles domingos à tarde, percorrendo fazendas e fazendas mais.

— Vocês ajudem o Ícaro, mas não comecem de pá, pá, que ele nada entende. Apenas ajudem — aconselhava aos quatro naváias.

Na Capela dos Almos encontrou a melhor cera. No Fundo do Saco as taquarinhas e jerivás na medidinha tal.

Os humildes agricultores “fisseram o engenhêro cunhecê” quase toda a propriedade dos dois fundões de distritos que combateriam a Corrida Espacial.

Capela dos Almos. Fundo do Saco. “Prá modi de derrubar o Sputnik”.

— Vou lá segunda-feira, Engenheiro. Mando arrancá tudo e ponhá uma chapa!

— Me procure, Eliziário. O dentista é meu amigo.

A Guerra Fria precisava ser enfrentada também com uns bons dentes. Com uma providencial prótese a troco de jerivá e cera de mel de abelha, quem disse que não?!

O Sujeito é muito “limado. Nossa Sinhora”, explicava um dos vereadores se referindo ao Gioacchino.

“Mia Fia. Tem qui piorá bem piorado prá dispois miorá”, a Orazília explicava, dizendo que isso não estava em nenhum salmo da Bíblia. Subir pro céu saindo da terra. Que só Jesus tinha feito isso e que os russos eram contra as coisas de Deus. Uns antiCristo, bem antiCristo.

E antiCristo pra ela era o médico, os russos e esse que ali caiu na igreja e ficou.

— Mas e aí vivente, só na puçuca?!

Ícaro abriu um sorriso largo. Já entendia um pouco da fala de Oaio. O Caio da Paixão vinha visitá-lo com frequência e ficava admirado que as quatro asas desenhadas pelo Gioacchino começavam a forma tomar.

O Paixão viu que a coisa era séria mesmo. O prefeito tinha ido na Câmara fazer um discurso de sartá butiá dos borso. O melhor discurso dele contra a Rússia Comunista e a favor dos mais humildes e mais pobres da Vila Gordon.

A Vila Gordon tinha sido loteada por Gordon Pinto e foi num seu próprio potreiro de herança, sim. Cedeu a terrinha para o povo. Coisinha de nada para quem estava agora preocupado com altas considerações: que o presidente Juscelino lhe respondeu a carta num papel com o brasão da República. Que os Estados Unidos, se dizia em Oaio, iam doar um caminhão para o Corpo de Bombeiros.

E que o Gioacchino havia somente pedido uma nova antena moderna para quem televisão já tinha.

Fez isso porque isso era um pedido do Archbold. Tudo em Philips a loja do Archbold que sempre lhe encomendava duas caixas de filme por preço de uma. E que ele entendia de qualquer marca, fosse marca da Alemanha, até da Noruega. Era da Noruega a roubadora de almas que o Gioacchino trazia num estojo e os filmes vinham de lá. De tão longe e a preço de um.

Seu Juvená. Archibold. Caio da Paixão. Em ordem inversa, os amigos do peito do italianão.

— Vadrium um retro pra esse médico de parto!

A Orazília, que não tinha amiga do peito, continuava a implicaria com o médico por causa que ele não curava de cobra só com ervas e na mão.

Picada de cobra. Corriam nela. Mulher barriguda só? Corriam nele.

Assim era fácil. E a Orazília dizia que mesmo o moço dito anjo só se salvou com asa e tudo da neve por causa duns feitos dela naquela noite de sábado. Que bateram uma tamborada ela e mais dois primos mulatos vindo dos Quati.

Que esses primos da Orazília, na verdade que era verdade, não era mentira, eram bons mesmo num pandeiro.

Não havia o que uma gaita fizesse que aqueles morenos dos Quatis não batucassem. No mesmo ritmo, nas mesmas quebradas de dedo, deixavam às vezes até o gaiteiro pra trás.

Os bailes eram então só com gaita e pandeiro e ninguém se arriscava ainda a cantar. Qualquer música era sem voz. Era só nos instrumentos, na foice, no facão e no braço que o pecuarista já de chapa nova por dentes cortava mais taquaras e uns jerivás.

E vinha só na cidade pra colaborar com as "Asas para Oaio".

Era outubro praticamente. O Sputnik estava já no ponto e daquele ponto escolhido da Rússia ele seria lançado. Um satélite abrindo nuvem no espaço. Um satélite que ia espiar não a Terra, mas uma boa parte que desse da Lua também.

O prefeito queria celeridade ligeira do Quino. Esquecesse a Hidráulica, a água potável podia esperar. Mas quem não podia espera era ele, comprometido com os Estados Unidos e não ia mais dar tempo de cumprir.

Fato: no dia 4 de outubro de 1957, da Base de Lançamento de Baikour, a União Soviética manda para os ares o Sputnik I, primeiro satélite do seu Programa Espacial.

Foi quase uma comoção em Oaio. Por causa do fuso horário teve gente da parte do prefeito que nem dormiu.

É. Se tinha ido o boi com a corda. É. Se tinha ficado mais quatro Ícaros Naváias sem asa, sem poder voar, nem agir.

Quatro asas secando no sol só por uns momentos. É que a cera do mel de abelha precisava se interpenetrar na armação de taquaras e hastes, pra que as folhas e penas de quero-quero e marrecas se agrudassem assim por aqui. Por dentro e nos intervalos de cada armação costurada com náilon melhor. Uns preguinhos e tachas por tudo. Aquilo era uma engenhosidade que tinha a cabeça do Gioacchino, mas a artesania era da Grécia, do Ícaro que se salvou.

— O que não se remedeia, remediado está — fez chacota o Paixão para um inconsolável Quino.

O prefeito, segundo a Orazília, apareceu na casa dela pra ela benzer torcicolo e outra tensão de músculo lombar.

Mas, aquilo não ficaria assim, por dá cá aquela palha. E o caminhão de bombeiros então iriam perder?!

Mas isso nunca. Nem que as vacas tossissem.

PARTE II

Feitiço para o Sputnik e serenata para Ícaro a três vozes

A junta que emancipou aquele pequeno distrito no ponto mais alto e frio do Brasil, em 1916, escolheu o nome Oaio do Sul como uma forma de homenagear o 17º estado que formou os Estados Unidos, entre os 50 daquela União.

A homenagem se dava pelas características comuns entre o distrito de Fundo D'Águas com o original americano. Ohio que dizer, em sua matriz nativa, "grandes águas", e Fundo D'Águas tinha como singularidade de sua geografia a profusão de rios, arroios, nascentes, afluentes e cachoeirões.

Além disso, a atividade de Ohio, muito vinculada à agropecuária, encontrava no minúsculo similar gaúcho a mesma vocação. Velho entreposto de gado que se dirigia a Sorocaba no tempo ainda do Império, Fundo D'Águas se libertava já com a pecuária e a agricultura como propulsoras da sua economia de forma geral.

Oaio, portanto, não era uma homenagem vã, disparatada, tinha a sua razão de ser. E os Estados Unidos, particularmente o estado de Ohio, em reconhecimento a tão singela homenagem, logo adotaram Oaio do Sul como "cidade irmã".

E ao longo do tempo os laços foram sempre mantidos, fosse em comemorações cívicas de Ohio, sempre também festejadas aqui, como na escolha dos nomes de seus próprios filhos que começavam a nascer. O prefeito Gordon, ora tão empenhado em impedir a Corrida Espacial que a Rússia antecipava, era o exemplo mais notável daquele compadrio da caçula cidadezinha e um estado fortaleza coirmãos.

Foi um lamento em Oaio quando a União Soviética cumpriu a rigor o calendário do lançamento do Sputnik, saindo à frente na Corrida Espacial. Oaio do Sul nada havia feito em tempo para impedir.

Um pequeno plano filmado pelo Engenheiro mostra a desolação total dos habitantes. Há choros, lamentos e a ironia involuntária do sempre admirável Juvená.

— Cagaram-se agora. E agora quero vê.

Não há dúvida que aquela forma de gracejo constante dos nativos de Oaio era uma forma de iludir o nervosismo que a geografia do frio sempre traz. O frio tem uma relação intrínseca com o estado de nervos e a tensão.

Mas, paradoxalmente, aquele gracejar, aquele humor espontâneo foi o que mais contribuiu para o pronto restabelecimento de Ícaro.

— Eu faço música fácil até mesmo deitado se for para o Ícaro — dizia um da gaitinha a botão.

— Não perco a nota. Eu toco baile inteiro sem pará pra descansar. Mesmo só paro na hora deles brigar.

Oaio era saudável no seu jeito de ser e de falar. Iludia o medo do frio sendo assim, contente, hospitaleira, uns fuçuqueiros constantes da vida um dos outros.

Fosse pobre ou fosse rico, ah!, não tinha perdoar. Que tinha um rico que diziam que rasgava dinheiro. E que ele explicava que rasgava dinheiro porque era o que tinha de mais tanto próximo de si.

Louco de varrer. Nadando em dinheiro. Louco. Louco como Ícaro que inventara de voar.

— Cada um com seu jeito de fazer feitiço na vida, ué — dizia a benzedeira Orazília como forma de os doidos defender.

Um rasgava dinheiro. Outro voava. Mais um outro ainda ia emendando nota numa gaitinha de botão.

Aquilo era uma nota literária, uma mágica do Estúdio do Disney, aquilo era como se fosse agora uma jam session em pleno Oaio do Sul.

Ah, desde a anestesia do Paixão em Ícaro com a cachaça, Oaio nunca mais foi o mesmo. Cada um andava um sonâmbulo pela cidadezinha andando à cata de um novo milagre acontecer.

Se uma tragédia nunca vem só, por consequência, um milagre também não.

Ave Ícaro!

Padre Nosso para Ícaro!

"Vancê acoiére os burros do que invento de verdade vista e depois pode me roubá e escrever pra você, Quino".

Juvená Rosa era uma espécie de flâneur naquele tedéo permanente e primaveril. Mais velho dos velhos, dava conselhos aos poucos menos velhos que ele por andar pra lá e pra cá.

E como se bebia naquele novo mundo de Ícaro depois que a tempestade de neve com tudo estragou.

Desde criança, Quino sabia de Ícaro. Seu pai era professor em Milão e sempre fez o menino ler de mais. E tudo agora que fazia de improviso ao lado de Ícaro, lhe dava a sensação de voltar a correr criança na casa pintada de verde numa ruazinha arborizada de ipê-roxo, de ipê-amarelo, ipê só ipê.

Gioacchino, o adulto, sentia-se muito bem. Que nuvem abençoada tocara Ícaro até Bom Jesus — e que lhe transportava agora, também pelo céu da imaginação, aquele menino sentado numa outra nuvem que o levaria até a amada Milão?

Juvená Rosa andava pra lá e pra cá também como uma nuvem. Uma nuvem rasteira no chão. Nuvem. Nuvem só. Nem sombra Juvená projetava quando se banhava de sol no andar pelas ruas de Oaio.

Nem a praga de um cão triste o acompanhava. Era por escolha dele. Só. Andar só. Era a sua técnica. A sua técnica de conquistar a comida de um, o remédio de outro, o carinho do Engenheiro, e nunca, nunca, mas nunca mesmo da prefeitura precisar. Juvená detestava o prefeito.

Ícaro enchia os olhos ao ouvir a Bilia a lhe contar os causos e as gentes que faziam os causos de Oaio do Sul. Cumpria a sua "cláusula".

Encha os olhos de Ícaro! Encha os olhos de lágrimas e ame estas pessoas até nunca mais.

Nosso Ícaro. Meu Ícaro. Eis que Oaio já dizia assim nas cidadezinhas vizinhas como uma fórmula de se promover.

A geometria do Gordon. Populista, com desarmonia nas contas, mas sempre a querer os jornais. E queria também as rádios. E queria também agora a tevê. O Sputnik não podia praticamente humilhar a presidência de Eisenhower, praticamente seu irmão.

— Essa é difícil de engolir.

Ícaro praticamente parara com as novalginas diárias e já se alimentava até mesmo com feijão, com arroz, com leite. Ah, o leite que se tirava em Oaio do Sul!

Certa vez, ao constatar que as "vacas de leite" não estavam por perto, uma esposa gritou para o marido que estava indo em direção a um Capão de Mato.

— Si vancê achá as vacas, delatoqui, Mantino.

Amantino. Euclid. Aquiles. Addison. Geminiano. Archbold. Geserino. Dona Urbana. Acácio Ly. Barberton. França e Liça. Dona Minerva. Lorain. Marion. Gortemar. Seu Bellaire. O Berea. Solon. O Belpre. Muitos Claytons. Elyria. Chico Velho. Dona Kalida. Dr. Pedro Antônio Caio da Paixão. Celina. Antonio Zaiden. Boamar. Dayton. Toledo. Burton. Wellington e Seu Gallion.

Homens e mulheres de Oaio. Parecia até um hino se pronunciar um nome atrás do outro.

Wellington e Seu Gallion.

Pedro Antônio Caio da Paixão.

Hino.

Hino rimado.

Lendas demais.

Ah, os malucos de Oaio do Sul! Os bebedebum ressacados. Os duro de Q-Suco. Os naváias, já que havia muito mais de um. O Seu Orly.

Por isso, o bom humor de Ícaro. Tanto gracejo por sua saúde, tanto sarcasmo vindo de um pé descalço chamado Juvená.

Dr. Paixão tinha mais cuidado com as mulheres que ficavam grávidas. Era a sua especialização. Mas, médico sozinho em Oaio, tinha de enfiar cachaça na veia de um mitológico grego que veio lhe tirar a razão.

Aquilo lhe deixou mais frio que os capuchos de neve que branquejavam no seu capotão. Subiu a escada pra cima da igreja com aquele capotão de Paris. E ficou frio e fora do juízo quando ouviu aquela barbaridade do seu melhor amigão.

— Mas é Ícaro — constatara o Quino. E foi a maior barbaridade que ouviu em toda a sua vida de doutor. Pedro Antônio Caio da Paixão, homem da ciência e da razão no proceder.

"Pas du" sentimental. Fizera uma breve residência em Paris o Caio da Paixão jovem frio, escalando agora igreja no território das "grandes águas" do Brasil.

1957.

E andava o Paixão agora muito preocupado. Seu melhor amigo se misturava com aguateiros, tabulegeiros, peões humildes dos fundões de Oaio. E levando o Ícaro junto.

Criar asas para mais quatro. E incluindo quatro naváias? Tenha dó?!

Aquilo era dar emprego ou amizade então?!

Fazer os navais da Hidráulica de Oaio criar asas pra voar.

"Por essa passei dormindo". O Caio da Paixão estava incrédulo. Ouvia longe os ecos do espocar de tantos foguetes que vinham da praça já. Coisa do Gordon. E o povaréu naquele dedéo dos infelizes sem o vil metal. Os pobres.

Como pobre gosta de ver um homem com asa a voar!

Coisa de pobre mesmo. Coisa de moça pobre mesmo "amor pelo Ícaro", já louquinhas pra engravidar.

E caberia a quem, a quem o parto depois? O parto da pobretona com o semideus alado?

Caberia a ele. Pedro Antônio Caio da Paixão.

Cruzincredo!

Seu mais favorito esporte era o tênis. Perdera o companheiro, no entanto, para taquarinhas, cera de mel de abelha e jerivá. Perdera o parceiro de tênis para os aguateiros, para um ferreiro soldador de asa nas costas, para a mais triste manhã que observava da janela da sua saleta-consultório em que ficava triste e só a meditar na clínica.

Pratas contadas. Ladainha com causa bem triste do médico, o fato é que o prefeito queria Oaio inteiro na praça no próximo domingo: iam fazer o primeiro voo. Iam experimentar as asas já em frente do mundaréu.

E a maior politicagem da história de Oaio o prefeito Gordon então promoveu:

A invocação de Ícaro.

Um mapa-índice num papelote das cidades que iriam sobrevoar.

Motivos que eram só do prefeito e que ao Quino começavam a irritar.

Ícaro era apenas um jovem amável que se divertia a jogar Biboquê.

Bilboquê o quê?

Era biboquê mesmo que se dizia em Oaio, perguntassem ao Juvená.

Mas a irritação do Engenheiro em causa de Ícaro parecia esbarrar na força do prefeito Gordon que era mesmo um limado na arte de iludir povaréu.

Prova na cara que era um prefeitão.

Queria até interferir na Corrida Espacial e não era um comunista Nikita qualquer que iria lhe impedir de atuar.

Causa do Ícaro. Humor do Ícaro. Respostas do Ícaro. Explicação do Ícaro.

Aos poucos, diante da forte ofensiva de Gordon, que contava com o Engenheiro na mão, apesar de irritado, até os "Mascates" de Oaio iam perdendo a credibilidade.

Entre a vizinhança, a inveja das outras cidadezinhas, o comentário era o seguinte:

"Essa gente de Oaio estão virando tudo em TIRIRICAS!!"

Tiririca era quem vendia tecido em metro, bugigangas, linha de costura, botões, miudezas. E Ícaro, para as cidades circundantes, era uma miudeza que o prefeito Gordon queria comparar a um satélite russo, ao Sputnik I, vejam só!

E era Liturgia pra Ícaro. E era matéria em jornais só com Ícaro. Um Livro de Ícaro já sendo escrito. A sátira que fizeram dos morcegos da torre da igreja na tarde em que o Ícaro caiu. Que os morcegos todos se acordaram e quase que mais voaram diante daquele asão.

Asinha deles. Era humilhação. Que os morcegos até se batiam de raiva nas janelas banhadas de neve e banhando de neve por fora aquelas pinturas renascentistas da Crucificação que deixavam o interior do templo em fumê, bem fumê.

— Ó! Piora bem piorado pra dispois miorá — a benzedeira dizia vendo aquela festa do prefeito e lembrando dos seus amigos morcegos, usados por ela em curação de tosse, coqueluche e rouquidão.

Era a sua pura medicina campeira, que encontrava no Paixão civilizado o mais indiferente "deixa pra lá".

— A medicina é um roubo — a Orazília dizia pra agredir o Caio da Paixão.

Era dela, benzedeira, curandeira, a prosa perfeita dos loucos que tinha o efeito de curar.

A Liturgia dos Inválidos era Orazília. Tinha os seus ataques de sestro e apertava o serigote, caso encontrasse o bom médico na rua.

— Roubou a ciclana e a beltrana pra fazer ganhar um filho. Parteira que é parteira não cobra nem ovo, nenhuma galinha pra botar um ser no mundo.

"Fosse parir filho de mulher da Brasília. Fosse parir os filhos do meretrício que ele ajudava de agradar já no nascer".

"Cruzincredo. Você tá só se parando, com o doutor, Orazília", uma comadre dizia meia sem jeito.

"Essas saia ralampiando!".

Mas naquelas friagens de Oaio, era bom não discutir com a rezadeira amiga de morcego e de cobras, sem falar nuns algo mais. Naquelas friagens, coqueluche, bronquite, asma, rouquidão, até gripe asiática vinha dando em 1957.

Era melhor ser amiga meio falsa do que com ela brigar. Oaio só tinha um médico. E bem ou mal a Orazília se podia dizer que era o outro único recurso pra se procurar.

— Alguém já lembrou de tirar umas brasas? — ela dizia quando ia atender vozinha já prontinha pra morte e enregelada de frio. Tirassem umas brasas e aquecessem aqueles pés frios da vozinha, pelo amor de Deus.

E se benzia três vezes sem errar.

Cidade de Oaio. Cidade do "bamo puxá umas brasa".

Cidade para uma Página de Ícaro. Cidade para uma pantomima dum naváia. Oaio para a expressão de Orson Welles e *A Guerra dos Mundos* se ele estivesse em Oaio naquele sábado à noite quando o Ícaro em cama se removeu.

Era a personificação de um Deus caído. Carregado numa humilhante cama por dois gêmeos do finado Mathias.

Ah, Orson Welles, gênio americano, você encontraria em Oaio motivos pra se encantar: uma parábola com jumentinho, o Quadro dos degolados, Poética da vida campeira, Chimangos & Maragatos. Um prólogo do livro dos cegos. A prova do sal na panela. Amostra dos queijos sorados e o salmo que reza um versículo. Os flagelados atendidos. O estalo de uns galhos secos. O canto dos pés na bacia e figuras de sons na vitrola com as belas letras do Gershwin.

Um tropel de cavalos. Uma rosa com amor. Já fizeram um álbum do Ícaro e os rosários do padre já chegam a trazer o anjinho de asas quebradas no lugar do Cristo Senhor.

E tem vendido. Como tem vendido. E ainda me falam em mascates ruins.

Ícaro.

Eu faço a alegoria do Jeca Grego e sou um flautista esperando pelo sucesso dos russos a módi do Juvená.

Neve. Neve. Honra ao Contrabando de queijo. Paisagem com moça bonita e um auto de ré para quem não sabe guiar e se mete a dirigir. "Ande a pé e sem calça, nada, como eu", aconselha o cara metido do Juvená.

Close-up na sua auspiciosa contação do que vê e morre e ainda não viu: "Pois é. Daí eu cheguei lá e mi atraquei e mi atraquei... e nóis si atraquemos, e si atraquemos... foi de sartá butiá dos borsos".

"Vancê sabe que aquele meu namoro com ela até rendeu".

É impagável um "meti cara assim" na minha roubadora de almas. Eu sou Quino, Gioacchino, e me chamam de Engenheiro e eu deixo chamar.

Deixo que chamem, porque para Oaio eu já fiz mais do que podia. Fui eu quem trouxe o Archbold pra cá. E ele, a primeira televisão. Fui eu quem trouxe o Archbold pra cá. E ele, a Philips. Fui eu quem trouxe o Archbold pra cá financiado por Ohio, EUA.

É um espanto viver aqui. E eu filmo então quase de tudo: cenas de um batismo, cifras de dinheiro que um louco rasga, a conjunção sexual de um besouro que vieram correndo me avisar.

Filmo de bicho a gente, muita gente, gente reunida, é a minha maior satisfação. É, como dizem os nativos, "um ato que me dá na cuca", e eu saio a registrar.

O enigma da vida. Um elogio que escreverei ao Ícaro e vocês verão o encanto da minha prosa, Deus me deu, Deus dará.

Cada construção de frase na minha sequência não tem nada de *O Som e a Fúria,* que de varde, de varde, nem o próprio William Faulkner entendia o que escreveu.

Palhoça é em Florianópolis. E é. Por que inventar que não? São Vicente é no litoral de São Paulo. Em Santos. Por que desviar do voo?

Chegaremos breve em São Vicente, mas deixa que eu me passe um próprio bilhete para não me esquecer: Uma reza braba para o Sputnik. Uma Serenata para Ícaro. Uma Nota divina aos malucos e um contraste com água de cheiro. A paródia do suor, a balada dos cabelos bonitos. Ícaro triste! Um longo resumo pras farsas. "Verdade seja dita. É mentira".

Uso muito papelotes pra depois eu me lembrar e construir melhor.

Exemplo?

Teve um que foi flagrado pela mulher. E não tinha como poder chegar em casa. Em Oaio a vergonha da família era grande. Ao chegar na quadra da sua casa, dirigindo seu Ford, o dito sujeito largava a direção, colocava as mãos juntas para o alto e repetia:

— MORTI! OH, MORTI! VENHA MORTIIII!

Eu quero fazer o leitor se finar de tanto rir depois de Santos. É que antes de Santos eu não quero nada começar. Não quero inventar nada que não seja "a mentira di verdade que eu enxerguei por aí". Tudo em três vozes de Narrador.

PARTE III

Os pássaros de Ícaro

MOVIMENTO I

Quem fresteasse o sigiloso galpão onde se faziam as asas ia perceber a engenhosidade de Gioacchino naquelas geringonças em que Ícaro tinha papel fundamental.

Quino, Gioacchino, era o Dédalo da vez, facilitado pelo modelo pronto, o Ícaro grego que se deixava mostrar. Gioacchino era números, cálculo, consulta a velhos polígrafos, apostilas, repassava com todo o afinco os propósitos de Leonardo da Vinci.

E o Engenheiro usa de fato uma terminologia própria ao dividir com Ícaro as suas preocupações: altura, densidade, pressão, toda a sistemática dos ventos da região de Praia Grande, em São Paulo, a partir de Florianópolis para lá, já controladas satisfatoriamente as dificuldades da partida; voar sobre a cadeia de montanhas ainda em território de Oaio do Sul em direção ao oceano, ao extenso mar do Sul do Brasil.

— O Sujeito é muito limado, Nossa Sinhora.

— Vão cair com essas geringonças antes de chegarem ao Faxinal — a Orazília estimava. — Querendo concorrer com Jesus, aé?! Só este subiu aos Céus.

— Ououu, Glória! — se pôde ouvir.

O "engenheiro" Gioacchino Zarinni, de fato, ao tempo da carreta e carros de bois, introduziu Oaio nas facilidades da vida moderna. Veio fundar a Hidráulica, encanar a água potável, trouxe ainda o Archbold e a Singer, a Philips, um mundo de eletrodomésticos foi ele quem incluiu no cotidiano do lugar. E fez mais. Eletricista, sem trocadilhos, suas tomadas mostradas nos filmes são de quem sabia da tradição do cinema.

Os planos são pensados, as panorâmicas em profundidade até fechá-las em close valorizando o tipo nativo.

Da multidão ao rosto, são imagens de um Eisenstein da neblina. Longos planos com normalistas, esportistas, cavalarianos, colegiais uniformizados, uma parada. E carros alegóricos, marchas e marchas, a multidão sempre. A história na rua, poema de Maiakovski.

E, naquela tarde de domingo, mais do que ansiar pelo voo imediato de Ícaro e dos seus quatro naváias, ele registrava com a "roubadora de almas", tudo, tudo, tudo, TIM por TIM.

Uma multidão tomava a praça, com ônibus de cidades vizinhas perfilados uma rua abaixo, juntamente com muitos cavalos e charrete pra mais de metro com gente do interior.

O prefeito Gordon mobilizara mesmo toda a área de obras e convocou ainda funcionários de outras secretarias para ajudar.

E foi pouca bandeirola de diversificadas cores que atravessaram presas a fios toda a extensão da praça. Balões coloridos inumeráveis. As bandeiras do Brasil, dos Estados Unidos, de Oaio de lá e daqui. Uma bandinha da própria cidade executava marchas festivas debaixo de um sol escaldante — que a sombra por enquanto só protegia o palanque onde ficaria o prefeito e as devardes autoridades convidadas.

O presidente Juscelino Kubitschek lamentou não poder estar presente, mas retribuiu com um cartão o convite, desejando pleno sucesso e harmonioso abraço ao povo irmão.

A bandinha inicia então os acordes da marcha característica da Big Parade americana e começa então o tedéo, que o povaréu não tem nada de bobo e imagina o que é.

O Asas de Oaio vai começar.

Surge então o prefeito Gordon numa estica que só. A primeira-dama "bem- aprumada" que só, também e lá. São seguidos por autoridades e convidados especiais.

Acenam. Acenam.

A execução da Big Parade acelera e aumenta o volume.

Surpreendentemente, ou, como ele mesmo disse, "estrategicamente" (para no entusiasmo não dizer coisas que pudessem alertar os soviéticos espiões, que com certeza estavam ali), o prefeito não iria falar.

E surgem no fundo da praça, dobrando a esquina, várias normalistas devidamente uniformizadas, trajando minissaias azul-marinho, meias e botas de cano alto brancas, como brancos são também seus chapéus-coco com penas de pavão. Usam tops com as cores da bandeira americana, para o profundo desagrado do centenário Juvená que fresteia por ali.

E as normalistas passam devidamente aprumadas, altivas, com o passo certo, na cadência que a Big Parade exige ao se prolongar na execução dos ótimos músicos escorrendo de suor.

Começa o espocar intermitente de uma centena de bateria de foguetes e é um tedéo, uma fuzarca, um banzé, uma coisa nunca vista por essa gente de todos os cantos de Oaio e cidades afins.

Era vivente chegando com charretes do campo, das serrarias, da roça. Cavalarianos agauchados e muitos, muitos diapé, com um eito de filhos menores dependurados nas costas embaixo daquele escaldante sol.

De repente, trupica um em um toco. Cai dois metros pra frente uma moça que estreia sapato e outra, por idêntica razão, com uma dor terrível no dedão maior. O sangue escorrendo e a unha que ela acaba de exibir.

— Quaji fumo mandado simbora!! — se queixa a sobrinha da benzeira já querendo achar defeito na ótima organização.

— Mas quando? Por quem? — indaga uma assessora de Gordon, impecavelmente vestida de preto, com saiote e casaquinho com vincos e mais vincos feitos à perfeição.

— Oh. Dizáoji. E ontonti lá no galpão.

— Mas lá não podia mesmo, Elyria. Era preciso sigilo total. Tem dois russos aí na pensão — explica a assessora educada e formal.

O vinco era o estilo dessa mulher. O vinco da roupa, o vinco no canto da boca como as russas e os russos.

Os russos.

Disseram que havia dois russos na Pensão de Dona Urbana. Elyria era arrumadeira de quartos por lá.

— Careci se preocupá, não, moça. Sou conhecida da Dona Kalida que é a sua mãe.

— Então aproveita, se a tua tia não quis vir.

— É. Ela disse que não vinha e não vinha mesmo, inda mais se o Caio da Paixão fosse mais convidado que ela pela escolha que o prefeito fez. Ela ficou muito queixosa, hãhã.

Mas a Elyria, antes de encerrarem a conversa, ainda diz que valeu muito a pena retesar ali.

É que neste justo momento, logo atrás das normalistas, aparece a figura de Ícaro, seguido dos outros quatro naváias oaienses alados.

Ruídos por ali. Juvená Rosa a se esgueirar por trás de uns mais altos pra ver melhor. O prefeito com um sorriso largo diante daquela imponente figura ao som da Big Parade.

É de fato impressionante. Ícaro com as suas asas originais, asas curadas pelas sagradas mãos de Paixão, é a figura de um deus. Suas passadas cadenciadas mostram que Oaio já tem na sua pequena história o seu primeiro herói.

Ícaro atravessa a multidão que ladeia os dois lados da praça e se tem uma pronta amostra de amor. Ícaro é um salmo que sai da bíblia. É a virtude, a beleza física, simpatia aos antipáticos, ao centenário Juvená.

Ícaro é cativante e os viventes de Oaio, naquela sua vidinha rotineira de vaca e touro, touro e vaca, não conseguem acreditar.

Então era isso que trouxe a neve? O progresso, um futuro alvissareiro para cada nascido aqui.

Oaio.

Oaio nascido perdido. Oaio morto e já se sentindo o cheiro de defunto se renova de verdade, de verdade sem ser mentira, sem depender do Gordon oportunista e dominador.

Só do Céu pra cair um milagre desses, diziam as beatas, as não católicas, as benzedeiras renitentes e até mesmo o padre Ismael.

— Purgante — dizia o Juvená.

— Esse padre é um purgante desde que a igreja deformou com aquelas janela escura parecendo cabaré.

— Deixa de infustá, Tio Juva. Assiste o desfile mais.

E Ícaro passava e o povaréu dê-lhe cangimbrina, dê-lhe cachaça e cachaça mais. Como bebiam aqueles homens debaixo daquele sol!

— Firmar o pulso? Não, obrigado. Eu filmo há tantos anos que já me acostumei.

Era o Engenheiro Gioacchino praticamente anônimo em meio daquela multidão com a sua "roubadora de almas" só a filmar.

A visão que conseguia de Ícaro e dos outros quatro. Fechava o registro especialmente nas asas antissol e antichuva que ele conseguira criar. Asas prontas para o primeiro voo. Asas feitas com jerivás dali. Asas feitas com taquarinhas dali. Asas feitas com a cera do mel das abelhas de Oaio do Sul.

Quanta engenhosidade!

Quanta engenhosidade!

E agora chegara a hora da primeira vez se ver. Um voo de primeiro treino público, porque muitos voos noturnos fizeram sem que ninguém pudesse ver.

E Ícaro e os quatro naváias se aproximam então de uma espécie de rampa. Se aproximam da rampa toda em prancha de madeira erguida e sobem até a altura final. Estão prontos para o voo. Estão prontos, prontos. A Big Parade chega aos acordes finais.

— Asas de Oaio. Filhos de Oaio. Ícaro de Oaio. Voem com Deus! — ao alto-falante se anuncia e os naváias seguindo Ícaro se jogam das pranchas sem hesitar.

O que é o voar por si?

O que é o voar por si?

Cada um se pergunta enquanto Ícaro e os quatro naváias planam absolutos ganhando altura por sobre a multidão.

Ícaro. Semente da neve. Ícaro, anjo decaído, filho adotivo de Gioacchino de Milão.

Ícaro, Sputnik brasileiro, de Oaio do Sul.

Prelúdio. Rapsódia. Sonata. Isso é voar.

As asas trêmulas de Ícaro eram uma serenata ao luar.

Ícaro é uma missão. Uma marcha precisamente noturna que a NASA vai ajudar a pagar.

Há um novo espocar de foguetes com a sincronia de Ícaro com os quatro naváias que voam sobre Oaio do Sul.

Um sucesso total.

Nossa, fulano!

Nossa, sicrano!

Nossa, beltrano!

"Estupefaciente!", era só o que dizer.

Uma lágrima sinceramente de Ícaro ao voltar ao chão de Oaio do Sul.

MOVIMENTO II

4 de novembro de 1957.

Tão logo anoiteceu as rampas foram retiradas do galpão e alguns homens trabalharam sofregamente carregando as pranchas para uma parte mais inclinada do terreno.

Ao mesmo tempo, o Engenheiro junto com os quatro naváias verificava uma a uma as asas atarrachadas nos seus ombros. Minuciosamente fazia os últimos ajustes com atenção e cuidados.

O silêncio era total no amplo galpão e Ícaro estava sentado em um canto quieto e meditativo. Apenas observava o trabalho de Quino que, de vez em quando, lhe fazia perguntas do que já sabia, apenas para entrosar Ícaro com os companheiros.

Estava tudo detalhado. Os mapas foram varridos com detalhes e explicações minuciosas do Engenheiro milanês.

Superava com o dedo indicador uma a uma a cadeia de montanhas dos Aparados e passeava o dedo em direção ao Oceano Atlântico um pouco antes de Laguna, quando deveriam voar a partir dali somente sobre as águas.

Calculara o voo aproximadamente em quatro horas até o litoral de Santos, quando atingiriam Praia Grande, o Forte de Itaipu, o alvo de Gordon.

Sem que, nem sabe por que, nem quando, nem vi isso, Juvená que andava por ali lagarteando ensinou ao Engenheiro a receita daquela arma lesiva, coisa que aprendera em duas revoluções que participara em solo gaúcho.

A conjunção explosiva era um misturar de pólvora com graxa de capivara supurada e cera do mel de abelha bem ressecado. O pó dali resultante era amarelado, avassalador, destrutivo. Um esguichar de pólvora grudenta que era paralisante, fatal e lesiva.

Mas ditara a tal receita depois de um pacto combinado entre os dois e o Deus Senhor.

— Boti pimenta in lugá da pórvora. Num vai me matá nenhum.

Pacto entre dois homens honrados se cumpre e é só.

E Ícaro recebia do Engenheiro agora o seu tubo com a gosma fedorenta e mortífera saída das lembranças do major Juvená em seu tempo e idade boa.

Ao tubo se acoplava uma pequena mangueira, com acionador explosivo ajustado na ponta como um gatilho. Era um gatilho.

Os tubos foram ajustados junto aos cinco peitos, amarrados com cordas de couro que passavam justamente junto ao corpo dos naváias, por baixo dos pequenos desvãos das asas.

Estavam em jejum desde o meio-dia, para evitar qualquer evidência de mal-estar ou vômito no longo voo que empreenderiam como águias noturnas e olhos faiscantes.

O Engenheiro beijou o rosto de cada um deles e desejou-lhes sorte.

Caminhou na dianteira, como líder, seguido pelos asados até as pranchas. Os peões de Gordon, como justamente fora combinado, já não estavam mais no galpão desde que finalizaram a acoplagem das pranchas.

Mesmo Gordon, o Engenheiro pedira, não devia aparecer ali. Ele seria avisado passo a passo da "operação", conforme o caso se consumasse.

E com a exaustão de treinamento, a partida das Asas de Oaio foi um sucesso. Na noite estrelada de Oaio, para os incautos que olhassem as estrelas, veriam cinco clarões que passavam, como estrelas maiores e com velocidade crescente, com as asas assim.

Assim, atingiram Laguna voando por sobre florestas, lavouras, cidades. E, como o planejado, desviaram para Laguna, para o mar de Laguna, na altura da Praia Brava.

A marcha dos naváias alados agora ganharia ainda maior velocidade, com Ícaro flanando à frente, voando ainda melhor à noite. Era o Exército de Ícaro, com seus quatro soldados com asas de cera, folhas, taquarinhas e arbustos de Oaio do Sul e não Creta, capaz.

Por volta das 2 da madrugada atingiram Santos. Ganharam então mais altitude para que se aproximassem do Forte de Itaipu, bem plantado em Praia Grande num muralhão.

O Forte de Itaipu foi projetado ainda em 1896, constatado que era preciso controlar os movimentos escusos de embarcações da Barra de São Vicente, que se aproximavam do Porto de Santos. Uns básicos contrabandinhos já de então.

Em 1903, o presidente Rodrigues Alves finalmente lançara mão de verbas para que se construísse a fortificação e a dotasse de todo o armamento e artilharia. Em 1932, o Forte de Itaipu participou da Revolução Constitucionalista, que tentara derrubar Getúlio Vargas. Durante a Segunda Guerra Mundial, não passou de um estado atento e contemplativo do que envolveria os "mares do Brasil", especialmente no Rio Grande do Norte.

O Forte de Itaipu não mais se envolveu em confrontos e virara uma fortaleza mesmo de guarida e sustentação do Porto de Santos. Uma reduzida ala militar estabelecida ali.

Naquela noite, como de costume, estava mal e mal iluminado por lâmpadas tênues e apenas uns poucos soldados montavam sentinela com submetralhadoras.

Foi quando avistaram o clarão no céu estrelado. O clarão iluminou todo o pátio do forte e as cinco criaturas aladas se aproximaram num mergulho frontal. Os sentinelas, estarrecidos, foram logo fulminados pela pasta de pimenta e as outras gosmas que esguichou amarelada, paralisante e por um certo tempo fatal.

Sem ter tempo para acionar qualquer outro alarme, a luz elétrica caiu, e outros poucos soldados que estavam no forte acordaram em tempo ainda de ver aqueles "seres de outro mundo", aquelas "criaturas estranhas", aquela luminosidade monstruosa e que voava já se afastando sem deixar qualquer rastro.

Dois sentinelas restaram caídos no pátio do forte, encontrados tão logo a luz elétrica voltou. As fardas cáqui estavam encobertas por uma gosma amarelada, resbalenta, que dificultava ainda mais o possível socorro dos abatidos sentinelas.

O dia amanhecia em Oaio quando o Engenheiro foi até a casa de Gordon contar o sucesso da operação. Gordon sorrira sem surpresa e muito contente. Passara a noite de ouvido grudado nas rádios de São Paulo, que noticiavam a invasão do forte, as figuras extraterrestres que voavam sobre Praia Grande e usavam uma "arma mortífera", Santos havia recebido a visita de um OVNI.

Os comentários em todas as rádios sintonizadas, evidentemente, eram de uma retaliação à ousadia soviética de ter invadido meses antes o espaço com seu satélite. Os seres extraterrestres davam agora o sinal em resposta que a decisão soviética fora equivocada, invasiva, que recebia a pronta represália já.

Gordon, exultante, disse ao Engenheiro que ligaria para o Eisenhower.

E, de fato, foi exatamente como um OVNI, seres extraterrestres, que o presidente americano considerou junto à CIA, à Força Aérea

Americana e à NASA, que aquele episódio de Santos devia ser investigado, tratado e concluído.

"A NASA sabia de tudo, até de tudo o que eu mais sabia", contava depois Juvená, incorporando a pose de um major contando feitos de guerra onde antes andou.

"Num disse que ia lhe inventá uma estória verdadeira mais verdadeira sem mentira nenhuma e que até dicumento eu tinha pra lhe mostrá?! E num é esse papel aqui que trago dobrado, coitadinho amarelado de tanto pegar o suor di mim:

> *Tal civilização poderia observar que na Terra nós possuímos agora bombas atômicas e estamos aperfeiçoando rapidamente os foguetes espaciais. Em vista da história pregressa da humanidade - guerras freqüentes mostrando uma raça humana beligerante - eles devem ter ficado alarmados. Nós deveríamos portanto esperar nessa época principalmente, receber tais visitas. De acordo com isso, o principal objetivo dos alienígenas seria vigiar os nossos aperfeiçoamentos espaciais, temendo que possamos nos tornar uma ameaça para outros planetas. Se essa hipótese for exata, ela pode ser ampliada para ligar o lançamento dos Sputniks com o ataque ao Forte de Itaipu. Porém, isso pareceu absurdo para todos os investigadores. Significaria que os alienígenas estariam preocupados com os nossos primeiros passos no espaço, e por espaçonaves pequenas tão primitivas que pareceriam uma canoa comparada com um transatlântico. Isso significaria também que aquelas queimaduras tinham a finalidade de demonstrar as armas superiores que eles poderiam usar contra os exploradores agressivos vindos da Terra. Porém, nós estávamos ainda longe do vôo espacial tripulado, até mesmo para a Lua. Pela lógica humana, nós não poderíamos ameaçar uma nave espacial superior - agora e nem depois*

Por crem deus pai, seu Engenheiro lia esse papel quando por aqui inda morava em Oaio pra eu nunca esquecê de um dia inventá de contar pros moços leigo que disserem que nunca sei ou vejo o que dizem de mim que eu sei. Até da NASA eu já recebi um convite de Oaio o verdadeiro pra ir tomar um banho que uma passagem eles iam me mandá. E que eu no estado de Oaio americano ia ser ouvido por gente do cânone e foi que foi que nunca fui e só reparto agora como um pedaço de torta neste meu aniversário de quase 100 anos o final do que vim inventá. Que naquela investigação tão investigada e após ter sido apurada por peritos e bacharel o ato tinha sido uma coisinha de nada dos cinco aqui do Oaio de asa que partiram em expedição pro litoral de São Vicente, pra Santos, vancê sabe do Santos dicerto que nem eu por Pelé. O Pelé que as chuteiras amava os pé dele e justo naquele 1957 já começou na seleção. Só com 16 anos o Pelé que as chuteira amava os pé dele e ele chutava a bola com o amor que tinha na chuteira até atingir pra sempre pra cima de mais de 1000 gol. Novecentos e noventa e seis no modo de se dizer é quando se tira os quatro de Oaio com asa da casa de 1 mil. E não me foi o que foi o tratado pelo Ícaro e mais os quatro de nosso Oaio do Sul que botaram a pimenta no lugar da pólvora com cera de abelha nos sentinela do forte de Itaipu? Foi. Se se fizeram vista grossa lá pela NASA e pela CIA eu agora invento de inventá do meu jeito de contar. Foi. E não foi o que num jornal disseram que fotografaram uma coisa no escuro preta no meio da noite chamada de OVNI. Tesconjuro! Acreditem mais em mim que tô um véio veinho e, na Terra, não tenho hipótese nenhuma comigo, nunca tive, que viesse outro ser que não Jesus. Se nem nesse Ícaro que eu vi bem de pertinho com esses meus quatro óio, que no tempo eu ainda botava óculos eu vi e acreditei jesuscristamente. Eu via e não acreditava que aquele descidinho nas cordas e com asa fosse mesmo caído do céu. Orazília, cumadre, Orazília, quem sempre ficou no sigilo rigoroso e total não fui eu e nem mais aquele mundaréu que viu? Que se proibisse falar do aladinho do Ícaro instalado de puçuqueiro em clínica do doutor Caio da Paixão logo no seja louvado Oaio do Sul? Ninguém crê mesmu qui eu dicumenti, né e não?! Sim."

Oaio recebeu o seu caminhão de Bombeiros. A Corrida Espacial não cessara. Os Estados Unidos, depois da missão Sputnik, revidaram com a sua Missão Apolo. E foi justamente na 11ª missão do projeto que atingiram o seu ápice, um nocaute na Rússia total.

No dia 20 de julho de 1969 o Homem pisava na Lua.

Quis o destino que um filho de Ohio fosse justamente o primeiro Homem a deixar suas passadas na Lua, estabelecendo definitivamente a supremacia americana na Corrida Espacial.

E Neil Armstrong, ao pisar na Lua, proferiu a seguinte frase:

"Daqui posso ver a terra. E sobre ela voa um homem com asa de pássaro".

E outros pássaros também voavam sobre a Terra. Era araponga, Jacu, Barn Owl, sabiás, sebinhos, baby-kids e curiós em revoos.

Um bater de asas e uma revoada de andorinhas como se fosse flecha flechada no ar.

Eram os bem-te-vis, nhambus, uirapurus, cardinal, Black Brant, Ohio cardinal e tangarás.

Um bailado de asas coloridas em sobe e desce de colibris, de baitacas, xororós, jaburus, mutuns, quero-queros, owl e showing.

Pombas e plumbeous.

Era patativa, guapirá, tucano, chopins, pintassilgo-lawrence e carucacas demais.

Urubus.

Cambacica, jaçanã, Maria-leque e biguás.

Thranpius.

Tico-ticos.

Tico-ticos nus.

Nhambus. Uirapurus.

O Painho de Cauda Quadrada.

Arca de Noé.

A asa da graúna. A asa negra de graúna. O canarinho de peito amarelo.

Ah, um sanhaço!

Um fradinho com uma saíra-azul.

Padda.

Maritaca. Araras. Araras e Arara Azul como uma canção de Gershwin pra gente ouvir.

Um papagaio só.

Um Ícaro só.

Glossário:

Acoiére — Ponha lado a lado, coloque em harmonia.

Algodãozinho — Pedra. Expressão usada pelo Juvenal Rosa para designar a forma de se defender. "Vou jogar só uns algodãozinho".

Amassou a lata — Se acidentou gravemente.

Apertou o serigote — Se acovardou, ficou com medo, temeu.

Apinxe. Apinxe - Jogue. Jogue.

Aprumada — Estar bem-vestida. Mulher com a roupa na medida, como o marceneiro tira o prumo da madeira em seu trabalho.

Artiguinho — Para dizer que a moça era muito bonita.

Atussicando ou atossicando — Para de ficar me atussicando, guri! (perturbando). Significa também falar mal de alguém, falando por trás, fazendo intriga, instigando a brigar.

Banzé — Briga, arruaça, confusão.

Bebedebum — Aquele que bebe diariamente, viciado.

Boias — Comida, mantimentos para a cozinha.

Brasília — Zona do meretrício, local de prostituição. O local passou a ser chamado assim porque coincidiu a transferência da zona do meretrício (então dentro do centro urbano) para um local afastado da cidade, na mesa época da inauguração da nova capital. O aglomerado de casas não existe mais.

Cagaço — Susto.

Cangimbrina — Cachaça.

Careci — Precisa.

Cavalo passarinhero — Arguto, perspicaz, experiente.

Cheguei — Estou aqui. Tornar-se o centro das atenções. Ou ainda para pedir desculpas pelo atraso num encontro.

Coringando — Olhando meio de viés. Coringando a moça no baile. Olhando de espreita. Poderia ser "coringando" uma carta antes de bater no jogo de baralho.

Cruzincredo — Desdenhar.

Cupinchas — Parceiro numa causa nada nobre. Coautor de um procedimento ilegal. Puxa-sacos, correligionários políticos muito fanáticos.

Dar carão — Recusar o convite para uma dança. Dizer não para dançar uma marca.

Dedéo — Longe. Significa também sinônimo de tedéo, confusão, briga.

Deixar de infustá - Não provocar. Não teimar num pedido já negado.

De sartá butiá dos borsos — Quando o sujeito é colhido de surpresa, quando participa de algum episódio que lhe exige muito esforço. Ser protagonista de algo intempestivo e com muita força.

Deu um sestro — Arrepiou, ficou com medo.

De varde — Quer dizer "não é por acaso".

Devarde - Vadio, sem serviço, que não trabalha.

Dizáoji — Que ocorreu há pouco tempo.

Duro de Q-Suco, Duro de Ki-Suco — Bêbado, embriagado. Faz referência à marca de um refrigerante em pó solúvel de marca diabo.

Entrevero — Baile muito cheio. Briga muito peleada.

Esporvadeira — Briga em que se dão tiros, em que se usa pólvora. Ou, num outro sentido, baile muito animado em que se levanta pó do salão.

Essa saia está relampiando! — Pra dizer que a saia está transparente.

Esse é um conversador fiado — Dizendo que tudo que fala não tem crédito.

Esse guri tem que "benzê" cum pena di urubu — Quando o menino estava muito magro.

Estrevaria — Estrebaria. Lugar onde repousam cavalos, vacas e ovelhas.

Estropiado — Combalido. Indivíduo que já sofreu na vida, adoentado.

Fisseram cunhecê — Quando davam muita explicação.

Flautista — Brincalhão, gozador, fazedor de brincadeira sem maldade.

Frestear — Deixar um espaço entre os dois corpos numa dança. Significa também espiar, olhar sem ser percebido.

Fuzarca — Folia, confusão, coisa fora de controle.

Galo véio — Alguém que é perito naquilo que faz, um ás em sua atividade. Com qualidades, admirado, muito sabedor. Pejorativamente, alguém que passou da idade, envelhecido.

Gippi — Marca de carro. Jeep.

Infustá — Implicar. Criar caso.

Justá — Contratar alguém para um trabalho.

Lagarteada — Dar uma cochilada no sol.

Limado – Sujeito muito esperto, inteligente, especialista em alguma área.

Mais um pra nada — Um inútil, que está ali só atrapalhando, aquele que chegou para não ajudar.

Marca — Música, geralmente tocada só por gaitas e pandeiro nos bailes.

Marca Diabo — Um produto de indústria muito ruim.

Mas é uma bisca mesmo — Não vale nada.

Meio sem graça — Desprovido de beleza ou de conversa interessante. Significava também ficar envergonhado num recinto estranho, perder o jeito.

Meti Cara — Quando o vivente estava metendo o bedelho.

Mindim — Dedo miudinho. Coisa minúscula. Muito pequeno.

Na estica — Homem muito bem vestido, trajando terno. Se dirigir a uma cerimônia de forma muito bem arrumada, com estilo.

Não bebo água dos teus ouvidos — Não aguento desaforo.

Não me torre a paciência, que hoje amanheci de aspa virada — Não me venha com assunto complicado que hoje amanheci mal-humorado.

Não perco a nota — Não perde o ritmo da música. Num outro sentido, não perde dinheiro. Nota igual a cédula.

Naváia — Sujeito muito esperto, ágil naquilo que faz, e que assimila com facilidade o que lhe é pedido. Pejorativamente, é alguém muito caloteiro.

Ontônti — Antes de ontem, anteontem.

Parem cum essa fulia — Recomendação para as crianças sossegarem. Recomendação para os adultos pararem de intriga.

Pegou a câimbra do freio — Quando um vivente começava a conversar e não parava mais. Pode significar também que o sujeito cansou de insistir no assunto e se resignou, entendeu e foi compreensivo.

Por caus — Por causa.

Por essa passei dormindo — Quando se quer dizer que não se conhece uma cidade. A origem é de uma história do falecido Torresmo que se gabava de conhecer o Rio Grande inteiro. Até que um dia disseram o nome de uma cidade que ele não conhecia. Ele respondeu na hora: "Por esta passei dormindo".

Pouca — Expressão para expressar muita coisa. "Pouca" desgraça, quer dizer, muita desgraça.

Pra mais de metro — Quer dizer grande distância, grande porcentagem.

Pra módi — Para o modo de. De maneira que eu possa fazer.

Puçuqueiro — Homem que se aproveita de outro, pede dinheiro emprestado, chega pra comer nas casas e não traz nada, enfim, um aproveitador. Muito usual se ouvir a expressão: "mas e aí, vivente, só na puçuca?"

Purgante — Pessoa que enjoa com sua conversa.

Ressacado — Alguém que amanheceu de festa, no baile.

Reviradu — Mistura de sobras de comida do dia anterior num mesmo recipiente, comida em que se mistura farinha.

Sem fulia — Sem sair da ordem, sem fazer coisa ilegal, sem algazarrar, de forma discreta.

Se parando — Passando dos limites, ousadia íntima para conquistar namoro. Pode também ser a atitude de um mal-educado, encangibrado, bêbado sem respeito.

Sinarada — Badalar de sinos na igreja de forma ininterrupta. O badalar dos cincerros no pescoço da égua madrinha à frente de uma tropa de gado.

Sofrendo de nó nas tripa — Quando estava necessitando de Cirurgia de Apendicite.

Sumitério — Cemitério. Lugar abandonado, tapera.

Tabulegeiros — Pequenos comerciantes, aqueles que atendiam no balcão.

Tarrudos — Fortes, musculosos, com ótima saúde.

Tá se parando de lacaio — Está se comportando como um idiota. Lacaio: dizedor de bobagens.

Tastaviando — Resvalando, sem equilíbrio, sem tino ou juízo.

Tirar umas brasas — Em dias de muito frio, recolher do fogão à lenha as brasas que são colocadas numa lata larga para aquecer os pés e as mãos das pessoas.

Tedéo — Alvoroço, fuzarca, vira uma confusão, quantidade fora do comum.

Tiriricas — Mascates de miudezas, linhas, agulhas, botões, demais apetrechos domésticos. Eram os menos valorizados na hierarquia dos vendedores ambulantes que percorriam as fazendas.

Trupicá — Dar uma topada.

Vadrium retro — Vade retro, Satanás! Sai pra lá, Diabo!

Virei a ideia — Quando o vivente ficava meio sem lucidez.

Você tá só se parando! — Para dizer que o outro estava demais, ou que estava se metendo na conversa.

Vocês não comecem di pá, pá — Pais aconselhando as filhas para que não dessem muita conversa durante a dança nos bailes.

Vou frigi uns ovos — Fritar ovos na banha, na graxa.

AS MÃOS TRÊMULAS
DO AEIOU

§1

Rodolpho Kastrup chegou em Usina dos Touros por volta de 1940. Usina havia adotado o nome em homenagem ao que tinha de mais característico à época da emancipação em 1916. A criação de touro, vacas, cavalos, ovelhas, a agropecuária era o seu fim. Extraía do campo a sua fonte de renda.

Usina dos Touros, além dos grandes fazendeiros nativos do lugar, era formada também por imigrantes italianos, que se dedicavam ao comércio e viviam na cidade. E havia ainda os imigrantes alemães, que preferiram investir igualmente na pecuária e na agricultura e tinham suas moradias nas próprias fazendas.

Não deixou de ser intrigante, portanto, a chegada daquele dinamarquês com filha pequena, para se instalar em Usina dos Touros. Mas Rodolpho Kastrup não chegara em Usina por mera casualidade. Ficara viúvo e com a criança.

Inconsolável, sua migração para o Brasil fora estudada. Precisava fazer isso. E viera recomendado, pois era exímio fabricante de manteiga e outros derivados do leite em sua terra. E decidira instalar em Usina a primeira fábrica da história da cidadezinha, a primeira indústria naquela terra de fortes fazendeiros e comércio primário.

Usina dos Touros se emancipara em 1916, ainda por decreto de Borges de Medeiros, que já se "eternizava" no poder do Rio Grande desde a morte de Júlio de Castilhos, em 1903. Borges era um caudilho, positivista, seguidor do modo de governar dos estancieiros, que tinham em Júlio de Castilhos o seu "Príncipe" eterno — líder que fora do Partido Republicano Rio-Grandense, poder que manteve a ferro e fogo antes de bater as botas.

Antes mesmo, em 1893, Júlio de Castilhos enfrentara uma verdadeira guerra civil, uma revolução sanguinária que se notabilizou pela degola mútua entre os adversários.

Filho de um degolado daquele confronto, Alarico Telatim chegara em Usina logo após a emancipação. Estava com 20 anos, solteiro, e viera de Taquara atendendo ao pedido de conhecidos para ser o "gramático" da cidade, que até então não contava com nenhum professor gabaritado em seu meio.

Em 1942, Telatim já era municipalmente conhecido como o "Gramático" de Usina dos Touros. Respeitabilíssimo em todos os meios.

Dava suas aulas em uma pequena casa de madeira para as crianças mais pobres e remediadas, e atendia de forma "particular" aos filhos de fazendeiros e comerciantes abastados, como era o caso de Rodolpho Kastrup.

Apesar de reconhecido por sua capacidade intelectual na cidade, o Gramático complementava a alfabetização das crianças, logo cedo, com a leitura de poemas épicos, e sua predileção era Homero, sua grande referência. A *Ilíada* e a *Odisseia* eram dissecadas em frente às crianças que, lá com suas dificuldades, assimilavam.

Não desgostavam. Mas era evidente o desconforto de meninos e meninas quando Telatim se punha a recitar um épico de sua própria autoria: *O Major e o Corvo*.

O longo e entediante poema se referia a um episódio da própria Usina, quando, em outra Guerra Civil gaúcha, a cidade fora invadida por tropas maragatas, os lenços vermelhos, partidários de Assis Brasil, que havia perdido mais uma eleição para Borges de Medeiros, cujos correligionários portavam lenços brancos. A Revolução de 1923 começou tão logo se encerrou a contagem dos votos, e os maragatos constataram a fraude, pois havia urnas com mais votos de mortos do que sufrágios de vivos.

E as tropas de lenços vermelhos, em meio à guerra, numa madrugada invadiram Usina, quebraram vidraças de casas, deram tiros e roubaram suprimentos no comércio. Fugiram em direção à Várzea, no interior do município, perseguidos pela tropa do Major Acylino Inácio Velho, que era então o próprio prefeito da cidade.

Chovia muito na Várzea, um terreno plano à beira de um rio que já transbordava, se deu a batalha entre os Chimangos e Maragatos. E um lenço vermelho, negro, alcunhado pelos companheiros de Corvo, ajustara bem a mira em direção ao major adversário, a pólvora estourara os miolos, com Acylino Inácio tombando num charco, que lhe sepultava na água o corpo inteiro.

O poema do Gramático tratava disso e era ouvido pelas crianças de seis, sete, oito anos.

Telatim permanecia solteiro e não participava da vida social de Usina dos Touros: quermesses, bailes, a festa do padroeiro. E também não se envolvia em questiúnculas políticas locais. Um homem tão capacitado deveria contribuir com a política. Era criticado por viver com a cabeça só em livros, e visto por outros, ainda com antipatia, como um "stalinista" dissimulado e ordinário.

Só podia ser. O Gramático deixava transparecer em suas conversas que não lhe agradava ver os milhões de campo em mãos de tão poucos em Usina — e, particularmente, no plano pessoal, não tinha a discrição necessária e julgava as pessoas de maneira franca e aberta, o que criava um tremendo mal-estar nos seus relacionamentos na cidade.

Havia ainda a maneira corretiva e severa com que tratava as crianças, com a sua didática seca, apesar dos poemas épicos.

Foi com todos estes predicados, um capotão que lhe chegava até as canelas, uma pasta de couro já bastante usada, que o Gramático chegou na residência do Kastrup para a sua primeira aula com a filha do dinamarquês naquela manhã de neve.

Pragmático, Alarico Telatim não faltou ao combinado, apesar da forte nevasca. E ficou logo impressionado com a simplicidade, de certa forma, na sua forma de julgar, "um desleixo", com que lhe apresentaram a menina que seria alfabetizada.

O mau cheiro de Brígida, apesar do frio, era justificado de uma forma muito singela. Ela exalava o seu trabalho. Ela ia aprender o "aeiou" desse jeito e paciência.

É que Rodolfo Kastrup fabricava manteiga com apenas dois funcionários e já fazia a própria filha operar com a máquina. E Brígida já sabia o teor de um talhado, a prova do ranço, acordava de madrugada para o galão que pudesse com os seus braços frágeis.

A mãe morrera quase sem ter convivido com a Brígida. E, justamente por essa memória da esposa, Rodolpho Kastrup frequentava a missa todos os domingos, levando Brígida puxadinha pela mão.

A menina tinha um vestir recreativo, trazia rosa no colo, mas ainda assim permanecia a tristeza, aquele ranço impregnado do coalho nos tachos. Os cabelos de Brígida eram cabelos da Dinamarca, como os do pai, loiros, muito lindos.

Mas, cheiravam seus cabelos, o corpo, e permanecia triste apesar da presença constante do pai e a casa do novo mundo já com prataria e boa louça. A Jijica, como chamavam à Brígida em Usina, era uma criança querida.

E entre o sebo e a graxa do trabalho foi ao encontro do professor Alarico.

Pioneiro na indústria de Usina, Rodolfo Kastrup era um homem bom, interessado nos negócios, à custa de soro e manteiga já havia adquirido a fazenda, os 12 potreiros, aguadas, perto de 50 terneiros e um zebu de Minas.

Apesar de homem fechado, era bom com todos, ajudava no que fosse Deus preciso. O dinamarquês católico ajudava ao padre Proscênio, a festa do padroeiro, gastava com bons tecidos, tinha o cavanha aparado, a fronte lisa, a testa e a cabeça finas. Os cabelos alourados, já desbotando, e os olhos castanhos. Castanhos, tristes.

Essa expressão Brígida havia herdado do pai, mas os traços juvenis, se via, eram mesmo da mãe morta. E lembrava mesmo à mãe quando trançava as pontas finas dos cabelos longos, espigas, alourados.

Os lugares mais bonitos que Jijica conhecia do Brasil eram: Rio de Janeiro, o porto de chegada; e Oaio, a cidade vizinha ao Norte de Usina, povoada de "supostos" americanos e bem mais evoluída, sim.

E Usina dos Touros era um painel de gelo, a permanência do frio por oito meses, o que levava a menina de volta à Dinamarca e aconchegada ao seio da mãe como bem lembrava.

Além da neve, Jijica admirava a forma de vestir das gauchinhas, a arquitetura também europeia dos poucos casarões perfilados nas ruas de chão batido, a modificação de uma cidade que progredia no seu aparente estagnar.

E, precisamente no dia 19 de junho de 1942, Usina se transformara numa bonita paisagem ao ser tapada pela forte nevasca. Alarico lhe dera bom dia, com a paisagem ao fundo toda pintada de branco e entrando pela janela.

§2

Voltasse a cabeça, Jijica veria pela janela o galpão da manteiga abarrotado de neve em seu telhado. E veria os campos, brancos, brancos, como se fosse o branco do leite coalhado que ela tanto acionava com pás giratórias até chegar ao estado de manteiga.

Como não instalara ainda uma lareira tão necessária na sala fria do encontro, Kastrup sugeriu que Alarico e a menina fossem ter a aula na cozinha, que estava aquecida, "muito quente", pois desde a madrugada ele abastecia o fogão à lenha com lascas de nós de pinho duradouros e mais acesos.

Olhar perspicaz como de um puma, Alarico já entrou na cozinha aquecida com uma atenção que o seu modo denunciava: o "julgador".

E imaginou que Jijica se movesse ali com desenvoltura. A menina era a mulher da casa, devia ser a cozinheira, pasteleira, quem sabe, dada a maturidade que criança de mãe morta logo assimila.

Jijica, de fato, sabia de molhos e temperos. Sabia de frigideiras, caçarolas, copos, pratos, de todos os talheres, das bandejas com flores azuis estampadas.

Havia ali uma prateleira com pires menores, decerto para sobremesas que a menina já aprendera.

Sobremesa de pêssegos?

Teria a filha dado uma indigestão de pêssegos no Kastrup faminto?

Jijica tinha sete anos.

Aqueles cabelos louros então pegavam a fuligem do forno? Assava o porco até ficar com o aspecto bem tostado e quebradiço? Batia assim, TAC, TAC, com a faca larga no lombo da leitoa no forno?

Aquele fogão lembrava o fogo do inferno na cidadela que era a cozinha.

Julgador de aparências e franco no veredicto, Alarico continuava indiferente à menina, embora fosse ela ligada a cada instrumento da cozinha. Ela usava até mesmo uma trinchante, se podia ver. Sua mãozinha experimentava o tempero da leitoa morta.

Tudo o Gramático agora examinava. Era um contumaz moralista.

Estavam a sós na cozinha. Um caldo quente bem que cabia antes de passarem à mesa, mas isso não ocorrera ao Kastrup, que já se retirara.

"Comilão", julgava-se. Era implacável consigo. "Gramático Comilão", deveria pensar o Kastrup, se lhe tivesse ocorrido o caldo quente e que o Alarico prontamente teria aceitado.

Mas, Alarico, homem no fundo paciente, piedoso apesar da má fama, por fim senta-se à mesa e abre a pasta de couro surrada.

Sentia-se agora Nabuzardan, o mestre cozinheiro de Nabucodonosor, o rei da Babilônia, eleito entre todos os capitães para assaltar e destruir Jerusalém.

Com aquele capotão marrom-escuro, seu jeito sisudo, o olhar fixo, era Nabuzardan, sim, sem dúvida. E introduziria agora, neste cenário, e tendo a si como aquele severo protagonista do exército de Donosor, a apavorada menina dinamarquesa no mundo da *gramma*, em grego, *fala*, gramática.

Só que, surpreendentemente, Alarico começou a sua "fala" contando à Jijica a história de Helena de Troia, e sugeriu que a garota imaginasse o cavalo de Menelau invadindo Troia, não feito de pau e arbustos e recheado de soldados inimigos, mas um cavalo de neve, como aqueles bonecos que os bárbaros artistas de Usina (riu-se) fariam durante o dia.

Jijica fingiu entender a ironia e sorriu num nervosismo tímido.

— Jijica. Assim poso te chamar?

A menina assentiu nervosamente com a cabeça.

— Olhe pela janela — disse o Gramático. — O que vê? Vê a neve?

"A neve", escreveu numa folha, sentado diante da sua aprendiz que não esboçou reação diante do caderno de ortografia e o lápis providencialmente apontado.

"A neve", sublinhou o Gramático.

Esta será a tua primeira palavra escrita da vida, Jijica.

"A neve".

— Para você ter a neve, olhe, perceba, há letras diferentes. Umas bem fáceis e que estarão em todas as outras palavras escritas de tua vida. É o que chamamos vogais.

A menina, atentamente, mas ainda muito apreensiva, parecia compreender, e tomara na mão pela primeira vez o lápis.

— As vogais, Jijica, são: a-e-i-o-u. Escreva.

a-e-i-o-u.

—Não esqueça. São elas que formarão sempre o sentido das palavras. Neve. Leite. Amor.

a-e-i-o-u.

Jijica, com a mão muito trêmula, tentou reproduzir o que o Gramático escrevera.

a-e-i-o-u.

Fazia frio. Nevava. Jijica repetiu as cinco vogais trêmula, trêmula, trêmula.

— Bem — disse o Gramático, já levantando o traseiro da frente do fogão onde se sentara —, você vai repetir em cinco páginas, sozinha, a-e-i-o-u.

E lembrou-lhe, passando a folha que até então usara.

— Eu escrevi aqui "Um ódio de neve". Tente pintar com um lápis vermelho as vogais que formam esta frase. Ache nesta minha frase o "a", o "e", o "i", o "ó" e o "u".

E o Gramático despediu-se e saiu.

Jijica, ainda muito trêmula, ficou a observar Alarico se afastar pela janela. E viu as passadas daquele homem estranho que afundava na neve, passadas trêmulas. E viu a paisagem tão bonita da praça, com suas pequenas árvores com as copas tomadas de neve, árvores trêmulas. E imaginou o porto do Rio de Janeiro com neve, o porto de Rio de Janeiro com águas trêmulas. E viu o padre Proscênio dando a hóstia ao seu pai Kastrup, as mãos do padre e a hóstia trêmulas. Viu ainda pela janela o prédio mais lindo de Usina; a Casa dos Espíritas, alugada para o Posto de Saúde para o atendimento e prevenção de doenças. Jijica viu então pessoas com tosse, coqueluche, rouquidão, pessoas asmáticas e trêmulas. Olhou de novo para a praça, a praça ainda cercada de arame. Arames trêmulos e com fiapos de neve que se desprendiam dos arames trêmulos.

1943 por fim chegou. E chegou surpreendendo Usina dos Touros. Um estranho incêndio atingiu a biblioteca do Alarico Gramático. E Jijica viu então as labaredas que subiram para o céu, labaredas trêmulas.

Línguas trêmulas de pequena cidade, logo disseram que foi coisa supostamente do padre Proscênio, já que a maioria dos volumes da biblioteca era de conteúdo comunista, espírita e panfletos ateus e maniqueístas.

As chamas tremulavam com o vento na noite. Tremulavam como as mãos de Alarico Telatim, o Gramático, que Jijica identificou por trás das labaredas e a fumaça trêmula do incêndio.

Também ele estava trêmulo.

"aeiou".

§3

A Dona Blandina Castório era engomadeira, trabalhava as golas e punhos com gelo. Em casa, recatada, na igreja reverente. Tinha 45 ferros, era modesta, complacente, moderada, levava dias pra acertar um vinco, pra ajeitar com capricho o pesponto de uma saia plissada. Era aprazível e afável com as noivas, tirava moldes, a Dona Blandina passava a ferro as demandas do padre Proscênio de Usina dos Touros.

Era Blandina quem fazia as hóstias, sua joia era o terço, a igreja a segunda casa. Trazia a pureza própria aos espíritas. Dona Blandina Castório era grave e sossegada no andar. Solteira, tinha apenas um cachorro. O Salame como companhia e mesmo serventia pra cuidar por ela.

A Blandina levava o Salame por tudo. Amarelo, da cor bem gemada, o Salame tinha o pelo tão limpo, ajeitado, que ninguém duvidava dos predicados da engomadeira.

Passava a ferro também o cachorro, sem dúvida. Andavam sempre, havia muito entre ela e o cachorro. Um carinho mútuo e compreensivo, um amor tão comovente que se registrou no Cartório.

Infausto dia, resignada e sozinha, Dona Blandina Castório entrou no cartório para o registro. Que hoje, triste dizer, pelas duas da tarde, encontrou o Salame já em óbito. Querido, amigo, amado, ele era um cachorro afogado. Natural da paróquia mesmo, residente há 14 anos, não sabia dizer a Blandina de filhos, da existência de cria dele. Mas que deixou uns pertences, já constava na delegacia: fitinhas de pulso, coleira prateada, a casa dele também boiando — o Salame da engomadeira foi encontrado no rio pelo negro Altelmo, um ginete que andava contratado por ali.

Este Altelmo, nas horas de folga das domas nas fazendas, saía a procurar o quanto era de arbusto e plantinha que houvesse. E, depois, procurava o Alarico Gramático, para que o professor lhe explicasse por estudo o que era *Myrtus* isso, *Alba* aquela, e o Altelmo gostava tanto de aprender sobre plantas que se embrenhava em banhado até o dia anoitecer.

Diziam que andava atrás do puma puro, o leão americano, que queria ter um bicho bravo como estimação e levar embora junto quando terminasse as domas dos cavalos em Usina dos Touros. E o negro vagava mesmo entre as moitas e araçás. E que voltava inteirinho: ele são, sem o puma, sem nenhuma nova personalidade de planta pro Gramático reconhecer.

O Gramático gostava muito do Altelmo, porque andava deprimido, nunca havia se recuperado do incêndio e porque haviam inaugurado uma escola de Irmãs Franciscanas que lhe tirara a freguesia das aulas em particular.

Era o ano de 1952. E com o inverno daquele ano veio também junto a neve mais uma vez. E se podia ver o velho Café União, na praça, quase caindo o telhado de tanta neve a cobrir. E também o busto do Major morto pelo Corvo, aquele que o Gramático depois recitava epicamente, estava escondidinho de neve grossa também.

Justo neste dia, o dia mais intenso do ano, a Dona Blandina deu à luz.

Dona Blandina, apesar da idade, dizia que era 39, ficou uns cinco anos seguidos se engravidando sem poder — e inventou de dar à luz com nevada.

Ficaria louca pra sempre se ficasse assim se engravidando sem poder. Mas continuava tentando. Até umas bonecas de pano já eram parte da gravidez que ela nunca tinha. E a Blandina aprendia com cada falta de gravidez e ficava bem igualzinha. Continuava tentando ter um filho. Porque queria porque queria e ia se engravidando e era o jeito que procurava de ganhar um filho.

Com amor, tudo rosa e carinho, a Blandina tinha feito um enxoval com a imitação de asa. Com amor, tudo azul e carinho, ela tinha feito um enxoval com a imitação de anjo. Pro tiro não sair errado, a Blandina tinha já preparado até enxovalzinho pra gêmeos.

Era um jogo de cueiros e fraldas e a Blandina, se descuidassem, levava ainda mais a sério a chegada do seu primeiro. E levava. Vivia olhando o peso. E de tanto se ver nas nuvens, a mulher que não engravida, engravida por si mesma. E fica com umas formas rosadas, e fica a pele melhorada e muito excedida no sal.

Por isso que a Blandina sentia muita sede e bebia tanta água que não conseguia mais entender. Da primeira vez que se fez de grávida até se urinava de contente. E nem é assim quando se está.

Em 30 de junho de 1952 ela veio a dar à luz. No justo dia da neve. E foi uma menina pra surpresa dela e geral. Uma menina bem mulatinha e foi o maior pecado que fizeram dizer que ela vinha se engravidando do padre Proscênio.

Ergueram um boneco de neve lá na praça com neve e a Blandina no hospital, sabe-se lá a quantas mãos, ergueu a menininha mulata dela e disse: Graça a Deus!

§4

A Blandina lembrava sempre da sua gravidez e do depois. Tinha uns guardanapos, os paninhos da higiene, até um antigo bacião. "Era tudo da Guiomar", ela contava e mostrava e amava aquela mulatinha dela até não mais poder. Até porque o ginete, cumprido o assunto das domas com os fazendeiros, tinha anoitecido e nunca mais amanheceu em Usina dos Touros.

Criar a Guiomar sozinha dava pra Dona Blandina muito mais força de Deus. Fazia de tudo por ela. Agora que tinha a filha, também tinha se decidido por um Instituto de Beleza pra poder melhor criar. E dizia que vissem a correntinha com o nome da Guiomar preso ao pescoço da menina. Vissem!

Ah, Dona Blandina!, quase tinha um enfarto com qualquer sinalzinho de febre que a Guiomar viesse suar. E verificava a febre e ficava só a dizer: "Vai passar! Dorme agora meu açudinho!".

Era um amor de amor de mãe mesmo. A mulher chegava a se atrasar pra abrir o Instituto, mesmo se tivesse umas 200 pra fazer cabelo e cutícula. Umas 200 ali sentadas e tinha quem esperasse umas 4 horas. Coitada da Blandina! Era só ela, uma ajudante, a morena Jane — e a cidade inteira pra baile e noivado.

Sombra nos olhos? A Blandina corria.

Anda dormindo, traindo! E a Blandina, "Ah é, pois é".

A Blandina só dava atenção na corrida e parecia sempre ansiosa pra atender até as nem marcadas mulheres de Usina dos Touros.

Mas, quisessem ela atarantada mesmo? Fossem pedir pra Blandina participar de júri.

"Nossa, fiquei nervosa", a Blandina contava, e que uma tinha sido encontrada e reconhecida pela arcada dos dentes, imagine! E que o vestido ficou caído e que as unhas da vítima "tavam, assim ó, bem-tratadas".

A Blandina, porque era segunda-feira, tinha tempo pra contar tudo pra Jane, que era como uma irmã pra ela, porque ficava com a Guiomarzinha. Ajudava a cuidar do seu amor e isso era amor de irmã.

E não foi logo acontecer com a Jane uma injúria e difamação.

"É só porque ela é preta", dizem que o Alarico Gramático dizia pra quem quisesse ouvir. Stalinista, o desgraçado do comunista!

"Não fui eu que peguei o casaco", a Jane dizia e toda a gente, clientela da Blandina, ficava pra morrer de pena dela.

E a Blandina juntou essas mulheres ali prum terço, num por Deus, Nosso Senhor!

Que o delegado acreditasse na Jane, ela não tinha casaco de pele, nem dela, nem da outra, era uma infâmia de ofender.

Não tinha jeito. A Blandina, por sua Virgem do Rosário, já nem sabia o que fazer pela sua irmã de coração. Será que, por hora, a Jane ia puxar uma cana? Ficar na solitária, a cela pra gente formada ou delito de mulher?

E a Dona Blandina saía com a Guiomar assim no colo e ia por Usina dando a volta no mundo. Só encontrava mais apoio no Alarico, e que o Gramático disse que deixassem que o dinheiro do advogado ele ia dar um jeito de pagar.

O Gramático era piedoso, já se disse. Ele não era nada da Rússia Comunista.

A Jane foi então liberada e que a Dona Blandina tinha feito uma promessa por tudo ter dado certo com a sua ajudante melhor: que a Guiomarzinha dela, por ser mulata, nunca ia passar na vida por uma mesma situação. E que ia lhe dar estudo de tudo, até estudo musical.

E assim se fez.

§5

Já nem precisa repetir que a Guiomar era filha única da Blandina e que era só uma adoração na vida dela: aquela sua filha que tocava trompa. Cabelão negro, encachilhado, muito rolinha, a Guiomar tinha puxado pela mãe.

Só com 5 anos, a Guiomar já tocava na Ave Maria e a Blandina Castório comprou até um auto para elas irem pro interior de Usina nos dias de tocar.

Era muito bonito, ela gordinha, de boquinha bem tortinha, assim, tocando *Ao meu Arroio,* uma polca do Gil Maturra.

Executava quase de tudo a Guiomar. Somente em marcha e tango ela meio que se atrapalhava com a trompa, até por causa do peso do instrumento que a moreninha tinha de guentar.

De qualquer jeito, um orgulho pra Blandina. A Guiomar tocando naquele instrumento que tinha vindo da Europa.

Guiomar aprendeu a tocar trompa bem quando veio mais o rádio pra Usina dos Touros. Depois do rádio as coisas começaram a mudar. É que, antes das músicas gravadas, era tudo de ouvido, ou por treino mesmo com quem já soubesse. E quem sabia estava ali bem próxima, dentro da própria casa.

A velha Blandina desencalhou um piano velho e ela que acompanhava a filha. E o que Guiomar saía tocando, a mãe saía tocando atrás.

Parecia mentira! Mas ela acompanhava tranquila, porque ela é que tinha ensinado antes as músicas treinadas pro seu amor.

Todo domingo era marcadinho. Às oito da noite estavam todos em algum lugar. Pegavam o auto e, seguidas por um caminhão, carregavam os trombones, cornes, tubos, três bombardinos, um par de pratos, tarola mais dois bombos, e, quando estava querendo escurecer, já estavam todos dançando o que eles tocavam.

As notas baixas das tubas inibiam os solos da Moreninha mais abertos e valseados.

E os casais preferiam mesmo a valsa. Principalmente se fossem duas valsas, uma depois da outra. Adoeciam então assim, valseando, valseando.

Por isso, de vez em quando, a velha Blanda improvisava um tango contemporâneo, muito solicitado e de sua própria autoria: o *Tan Hermoso. Tan Hermoso,* ano 1957, falava em cada movimento de um amor ausente. Era o ginete dela, quem não ia saber?!

Mas a Guiomar, apenas com 5 anos, e já era uma artista. Só que havia um detalhe, que a Blandina vinha deixando pra trás. A Guiomarzinha não sabia ler. E foi então que procurou o Alarico Gramático pra umas aulas em particular.

Aeiou não era tão fácil como notas de música. E a Guiomar voltava se queixando que o Gramático tinha até gritado com ela. Que ela não repetia as cinco páginas e que ele precisava ir em frente. Ele precisava ir em frente com as aulas e entrar no Abecê.

A estima que a Blandina tinha pelo Alarico, desde a vez da quase prisão da Jane, começava a diminuir. Mas ela se fazia meio de louca, deixava a filha se queixando, o que adiantava ser música sem saber ler?

E fazia que nem notava que a menina ao executar a trompa agora tocava trêmula. Era uma coisa esquisita, porque ela sempre dominava a trompa e nunca foi de tremer.

A Blandina, insatisfeita e já com um ódio que nem lhe cabia, foi procurar o Alarico. E que o Gramático dissesse logo pra ela o que existia ali. Qualquer coisa ela trocava a filha dela pra Escola das Irmãs.

E não vai a ela me achar, logo ela, o Alarico caído. Sozinho dentro de casa, parece que já morto.

Tinha morrido, sim. Enfartado, e foi esse o seu fim em Usina dos Touros.

§6

A nevasca de 1965 também não ficou para trás em Usina dos Touros. Foi a mais rigorosa. Entremeada com uma semana de fortes chuvas, naquele ano houve dias de muitos "capuchos" no registro que se eternizou.

A neve daquele ano serve para mostrar que o reservatório d'água e o coreto ainda eram centrais. E, em 20 de agosto de 1965, a última neve na antiga praça, dá uma ampla ideia daquela "outra" Usina, do seu cinquentenário e dos capuchinhos a influenciar. Em uma foto surge a prefeitura recém-construída; ao fundo a imensidão da brancura a tapar.

As freiras também naquele ano tinham encontrado uma concorrência na alfabetização. Começara em Usina dos Touros um Curso Normal e era exigida uma Escolinha de Aplicação pra complementar. A professora Brígida Kastrup logo ficou comentada em Usina por sua paciência e linda voz de amor ao ensinar os caçulinhas.

E não vai o prefeito me cumprir uma promessa que ninguém acreditava mais?!

Trouxe o telefone público pra Usina dos Touros.

A professora Jijica, como pais e mães chamavam a Brígida, ficava alisando as pontas dos seus cabelos e a sua expressão era muito triste.

Os braços de Jijica Kastrup, como a sua expressão refletida, também contrastavam com a alvura do rosto. Não gostava dos seus braços. Nem dos ombros. Eles eram musculosos e a sensação depreciativa que lhe enfeiavam. Mas era coisa só da cabeça dela. Foi rainha da festa do padroeiro umas duas ou três vezes mais. Era lá do "Manteiga", mas era a mais linda de Usina dos Touros.

Tempos atrás, bem mais nova, quem sabe não era isso que os rapazes pensavam à saída da igreja?

Continuava solteira apesar dos olhos e os olhinhos de Jijica eram como duas pedrinhas feitas do azul mais límpido. Frágeis olhinhos que pareciam quebrar ao olhar mais profundo. Claros demais, luminosos como um dedo indicador de anjo. A face da Jijica Kastrup era mesmo bem corada e o rosto vermelho e iluminado no calor das maçãs salientes.

Mas exalava aquela ansiedade que se confundia com o ranço impregnado nos cabelos. Talvez por isso as poucas amigas não percebessem a pouca vontade da Kastrup nos bailes de ocasião. Com a aptidão de ginasta, a parte do tórax bem posta, a cintura fina, o trabalho árduo com os galões, a Jijica Kastrup jamais se atrevia à dança. Dizia, atrapalhava-se no segundo passo.

Seu rosto denunciava essa expressão triste, de dor, refletida, e era uma expressão bem mais séria do que a inconstância do passar pela adolescência.

Virava uma Brígida, porque sorria pouco. Trançava o lencinho de nervos, era menina do mato com os cabelos da Dinamarca.

Era a mais bonita da missa. De tamanquinhos, meias tornozeladas, a Jijica era a figura de um anjo. Anjo, porém preocupado, porque trazia aquela tristeza que lhe emoldurava o rosto. Ficava assim à porta da igreja e os anos foram passando.

Em 1965, além da nevasca tão histórica, chegou como se disse o telefone em Usina dos Touros. E parece que a cidade inteira, antes do prefeito ter a ideia, já tinha pensado na solteira da Brígida, com aquela voz coisa mais linda, professora, pra ser a telefonista oficial.

Aquela vaga era dela tranquilo. Estava com 29 anos.

E combinaram então que, exatamente, mas exatamente às 10h, ligariam para o governador do Estado, para inaugurar o telefone, afinal.

E começaram até mesmo antes a comemorar. Usina dos Touros inteira veio ver o telefone e a Banda da Guiomar de convidada especial.

A Banda da Guiomar da Blandina se vestia com uniforme de listras verdes e vermelhas e, sob a regência de uma das Irmãs Franciscanas, lá tocavam eles. E a Guiomar moreninha bem na frente, com a trompa, cada vez coisa mais linda, cercada de dois gêmeos tubeiros.

A freira erguia os braços, marcava o ritmo, ensinava os instrumentos a tocar na rua. Nem que fosse só batendo os pratos, como fazia o Clarino Cascata, "um birolho do zoio", como a Guiomar lhe chamava amavelmente.

Era só um telefone que se ia ligar por primeiro, mas até uns dançarinos se regiam com a freira emitindo com a própria boca os acordes dos instrumentos. E a música mais exasperante era a música que vinha das tubas dos gêmeos, quando o prefeito chegou contente.

Iam inaugurar o telefone. "Estava tudo certo, Brígida?"

"Sim", respondeu uma Brígida um tanto pálida e trêmula.

E foi exatamente às 10h que a Brígida fez a ligação para Porto Alegre. E disse para quem lhe atendeu no Gabinete do Governador: aeiou!

Não disse alô.

§7

Começo de Janeiro de 1972.

Entre a guerrilha brasileira era muito falado aquele casarão dos passaportes próximo ao Minhocão em São Paulo. Era ali que se dava o primeiro passo para a ponte com o "país", obviamente um código deles.

Numa tarde de janeiro, um sol inclemente, duas mulheres caminham próximo ao Minhocão, sem saber que, em seguida, seus destinos se cruzarão. Uma, aparentando 40 anos, cabelos louros, olhos azuis, camisa em xadrez e uma saia preta que lhe dá uma certa altivez discreta. A outra, morena, mais extrovertida, veste jeans, camiseta, sandálias, e um óculos Ray-Ban. Nada tem em comum uma com a outra, a não ser o endereço que trazem memorizado, que jamais anotariam em papel. Era preciso toda a astúcia debaixo daquele sol modorrento.

Estas duas mulheres pertencem à célula mais forte da guerrilha brasileira contra a Ditadura Militar instalada no Brasil em 1964. Pertencem à Vanguarda Armada Revolucionária Palmares, a VAR-PALMARES, caçada em todo o território nacional por suas ações ousadas e violentas em represália à ditadura vigente.

As duas mulheres entram quase que no mesmo momento num edifício de fachada desbotada, muito sujo, e sobem uma escadaria. Não há desconfiança entre elas. Sabem bem que a indicação fora a mais segura possível. Não há a mínima chance de haver ali uma capitulação. Entram numa saleta e ali obterão os documentos falsos e o passaporte ilegal que as levará para fora do país.

Laerte, codinome de guerrilha, um colono do interior do Rio Grande, ex-seminarista, já está por ali sendo atendido. Reconhece logo a morena e se levanta para cumprimentá-la:

— Birolha, quanto tempo companheira moreninha?

Chama-se na verdade Maeth Boff e, pela obviedade da semelhança, quando ingressou na guerrilha, lhe deram o falso nome de bate-pronto: Laerte.

— Laerte, seu louco. Que saudade, rapaz! — Birolha, quanto tempo companheira?

A loira, que assiste a cena daquele reencontro, fica pasma. Só agora prestara atenção na moreninha que Laerte abraça profundamente.

"Meu Deus. É a Guiomar!" — ela pensa.

Não se contém.

— Desculpem companheiros atrapalhar. Birolha, né? Olhe bem pra mim.

— Caramba. Meu Jesus do Céu! — diz a morena.

— Hum-hum. Eu sou a Brígida de Usina dos Touros.

Abraçam-se.

Guiomar, ou Birolha, quando ingressou na célula, foi atuar em Porto Alegre. E foi lá que participou com Laerte de uma desastrosa operação. A Palmares planejara um assalto a um banco de uma cidade da grande Porto Alegre e tudo foi minuciosamente detalhado. Inclusive o horário da invasão: 12 horas.

Doces imprevidentes. Não sabiam eles que esse era o exato horário religiosamente cumprido pelo gerente do banco para o almoço. E ele levava as chaves do cofre junto.

Dentro da agência, com todos sob o controle de suas armas, Laerte e seus companheiros foram frustrados pela notícia. Não havia chave do cofre.

E, logo, fugiram já sob o encalço da polícia. Laerte, que não dirigia, seguia como caroneiro de Birolha, que guiava o fusca por estradas em que nunca trafegaram. Perderam-se numa estrada secundária, e isso os acabou salvando. A polícia seguiu em linha reta, em direção a Porto Alegre.

Mas, nem tudo estava ganho. Quando tentaram voltar ao seu "aparelho" (apartamentos ou casas que usavam como moradia clandestina) souberam que o reduto havia sido estourado por policiais do exército. Um recibo de gasolina perdido traíra o grupo.

Laerte não viu outra saída a não ser fugir para São Paulo, onde trabalharia infiltrado numa metalúrgica. Nunca mais soube da moreninha boa de direção, julgava a Birolha morta.

Brígida, codinome até então "Dinamarquesa", que atuava na guerrilha como uma freira disfarçada, estende a mão. Apanha os falsos documentos e passaporte e se volta para Guiomar, convidando-lhe para saírem juntas do escritório ignorado.

Ficou combinado que os três, além de outros camaradas, sairão do Brasil numa outra tarde modorrenta e ensolarada de janeiro, precisamente no domingo.

O destino? Valparaíso, no Chile, governado por Salvador Allende, único governo Socialista da América Latina e que acolhe os refugiados de ditaduras que tomam quase todo o continente.

Em Valparaíso, procurarão por companheiros da luta armada que já estão por lá instalados. Irão trabalhar no comércio, em pequenas lojas, atividades comezinhas, mas que lhes garantirão o sustento e, acima de tudo, uma segurança pessoal.

Brígida e Guiomar, na saída, pararam em um bar para tomar um suco e botarem as novidades em dia. Estavam justamente falando de Usina dos Touros quando foram cercadas por cinco brutamontes, truculentos, em roupas civis, mas que evidentemente faziam parte dos grupos de repressão.

Foram levadas de olhos vendados para um casarão. Ruíram os planos. Toda papelada falsa e passaportes foram levados com as duas bolsas e elas ficaram o resto da tarde ali. No escuro de um quarto do que parecia ser um casarão.

Era sexta-feira. Mais dois dias estariam longe do inferno, longe, longe daquilo que agora estava por vir: a tortura.

Apesar de truculentos, naquela noite, surpreendentemente, os agentes do sistema não as interrogaram. Talvez estivessem envolvidos em outras "batidas", "estourando aparelhos" da brasileirada guerrilheira que estava por fugir.

Pura suposição de Brígida, externada no escuro a Guiomar, que se mostrava muito mais nervosa que a "Dinamarquesa" de voz suave, sua companheira de "azarão".

Tão logo anoiteceu, pensando ser comida, alguma alimentação, coisa do tipo, um sujeito entra com uma cesta no quarto. Acende a luz. Com um martelo e pregos se dirige à janela e passa a martelar.

Em seguida, da cesta, sempre em silêncio, começa a retira ovos. Ovos podres. Que joga um a um no chão, nas paredes, nos forros.

Terminada a operação, ainda em silêncio, sai trancando a porta, deixando as duas mulheres com uma noite pela frente naquela podridão fedorenta.

No dia seguinte, já o sábado, um silêncio absoluto na casa. Brígida e Guiomar deduziram que estavam sozinhas ali e que teriam de suportar ainda mais a podridão.

Contudo, pelo que deveria ser meio-dia, um camarada barrigudo, chamava mesmo a atenção, chegou com uma marmita, com feijão e arroz.

Brígida arriscou uma conversa e o barrigudo, surpreendentemente, com um jeito meio de "vou te ouvir, guerrilheira, porque no fundo sou um sujeito bom", disse: — Pode falar.

Brígida, sabendo que no dia seguinte era a última chance de se safarem do Brasil, jogou a sua cartada direta.

— Eu tenho um dinheiro aqui em São Paulo. Coisa do meu pai.

— E? — disse o gordo lá.

— Você nos leva até no apartamento, te dou um cheque pra segunda, pode confiar.

— Fechado! — disse o sujeito.

De fato, estava só ele de sentinela naquela sábado. Saíram os três e já com as bolsas recuperadas.

"Alarica" e "Telatinha" eram os nomes das duas conterrâneas agora para a organização. Nos passaportes "Alari Stumpf" e "Blandina Telatim" eram as suas identidades nos novos documentos que agora traziam no Chile democrático.

Além dos documentos falsos, Brígida também levara uns dólares. Era mais uma "condescendência" do gordo arrependido moralmente de estar a serviço do regime. Pegou apenas o cheque e deixou com as mulheres os dólares.

Com esse dinheiro, o primeiro mês em Valparaíso foi de passeio e entrosamento afetivo cada vez maior entre Brígida e Guiomar, embora a diferença de idade entre elas.

E, logo, caíram na rotina à procura de emprego em lojas de roupas, atendentes de bar, garçonetes, enfim.

O Chile enfrentava uma crise financeira, além de boicotes de todos os outros países comandados por generais no entorno. Mas Salvador Allende resistia.

No dia 13 de Setembro de 1973, as duas saíam para o trabalho quando logo perceberam que em todas as casas os rádios tocavam marchas militares. Voltaram ao apartamento pelo rádio e souberam do Golpe perpetrado pelas forças do General Augusto Pinochet. O golpe estava consumado. A única dúvida que restava era: Allende estava vivo ou morto?

Estava morto. Vítima de uma das bombas que explodira no Palácio de La Moneda, sede do governo socialista e democrático.

Brígida e Guiomar ficaram sem saber o que fazer. No dia seguinte, tentaram manter um ritmo normal nos seus trabalhos. Mas como o toque de recolher iniciava às 16h, e moravam num bairro distante, concluíram que, pelo sotaque, estavam com os dias contados.

Sem ter maiores contatos com os opositores do golpe em Valparaíso, as duas se recolheram. Abandonaram os empregos.

Entretanto, no dia 20 de setembro, Guiomar e Brígida foram surpreendidas de madrugada no apartamento. Eram carabineiros chilenos e soldados do exército brasileiro, que não escondiam o sotaque carioca.

Foram levadas então para a maior história de horror que vivenciariam em tantos anos de militância. Depois de aguardar no quartel do exército até as 7h foram levadas para o espaço de carga de um navio avariado, atracado no cais do porto de Valparaíso, o navio Lebu.

Aí, funcionava um depósito de presos. Melhor, dois depósitos: um masculino, na proa; outro, feminino, na popa.

O navio estava apinhado. O espaço de carga estava cheio de presos, magros, cansados e fedorentos. E um terrível odor a fezes e carniça já fazia Brígida pensar que havia corpos em decomposição.

Havia prisioneiros feridos, porém nenhum morto. Mas as fezes, a urina e vômitos não eram retirados. Ficavam aos pés dos aprisionados e o caldo de fezes, mijo, vômito e escarros sacudia pelo balanço do navio. Aquele caldo de odor jamais sentido chegava quase às canelas de cada um deles.

Em ditaduras militares, merda, mijo e vômito vira uma areia movediça aos pés acostumados aos regimes democráticos. Quanto mais se mexe, mais afunda na merda, no mijo, no vômito.

Urubus ali não sobrevoavam. Nem aos urubus apetecia aquele caldo bárbaro e fedorento.

Todos fediam. Há dias não sabiam o que era banho e fediam mais o suor do medo, o suor do medo da tortura. Não suavam pelo calor que aumentava pelo aglomerado dos corpos.

O suor do medo. O suor da tortura.

Os soldados brasileiros estavam já muito integrados aos carabineiros chilenos. Foram rápidas e afins as boas relações estabelecidas entre os ditadores Médici, do Brasil, e Pinochet, do Chile.

Logo na primeira noite presa, Brígida foi levada a um navio-escola da marinha chilena, o majestoso Veleiro Esmeralda. Lá, com as mãos amarradas por cordas e pelas costas, foi interrogada por soldados brasileiros, que além de dar choques nos seios, se divertiram em lhe dar sustos, ameaçando passar o aparelho torturador na sua vagina e em todo o seu corpo nu.

A brisa fria da noite de setembro em Valparaíso fazia Brígida crer que eles não estavam brincando.

De volta ao navio, "a freira de nome falso", mas já bem identificada pelos soldados brasileiros, perceberia melhor o que ainda lhe esperava.

No navio Lebu, foi servida uma maçã a cada uma das presas para que passassem as próximas 24 horas.

No dia seguinte, as prisioneiras catavam no chão, onde as fezes não alcançavam, as sementes cuspidas. No quinto dia deram leite extremamente aguado. Depois veio macarrão frio e empapado, servido no convés. As prisioneiras contavam mentalmente os "cinco minutos" autorizados para comerem e enfiavam os restos nos bolsos. No sexto dia presa, Guiomar, além de comer um feijão ralo, bichado e malcozido, soube que iria para o seu interrogatório.

Antes, porém, teria de suportar o fedor da peidorreira causada pelo feijão nas prisioneiras, o que tornou o Lebu ainda mais insuportável. Foram então acionados jatos das bombas de limpeza. Aqueles "comunistas da América Latina" passariam a noite encharcados, de cócoras, recostando as camisas molhadas nas beiradas do navio.

Um banho refrescante, de água gelada, para clarear as ideias. Brígida e Guiomar identificaram entre os presos Maeth, que com outros prisioneiros caminharam escoltados por pelo menos 1 quilômetro. Uma subidinha que dificultava as passadas, pois não havia como se equilibrar com as mãos atadas às costas. Iam para a tortura diária.

A maioria daquela procissão de feios, sujos e malvados era de chilenos. Mas havia peruanos, bolivianos, venezuelanos, argentinos, uruguaios e haitianos. Toda a esquerda revolucionária da América Latina subia o morrinho. Dirigiam-se a um edifício, antiga escola da marinha, já na parte alta de Valparaíso. Era um prédio de madeira de três andares, alcunhado pelo bom humor dos presos de *Palácio de la Risa.*

Por fim, atordoado por aquele horror recém-visto, Guiomar seguiu para o seu interrogatório de Alarica, de "Moreninha", como os soldados já a chamavam. Em sua frente, mãos amarradas e debilitada pela falta de comida, postaram-se um oficial da marinha, um oficial de carabineiros e um oficial da polícia civil. Os três, "do nada", estavam interessados em saber como Guiomar conseguira os documentos falsos, o local do escritório clandestino em São Paulo — e, diabos!, como fugira do Brasil e entrara no Chile?

Guiomar desvendou o esquema de sua fuga, porque o "esquema" já havia caído, e ninguém, em sã consciência, sairia do Brasil para o Chile de Augusto Pinochet.

À noite, ressonando, Guiomar teve um pesadelo: estava à beira do navio e mais um passo cairia no mar gelado e sujo do porto. Estava vendada. Recusou avançar, mas um empurrão nas costas lhe fez cair de bruços no piso de aço do passadilho.

Era o prenúncio do seu segundo interrogatório. O mais terrível de todos. A "Moreninha" havia sido muito "prestativa" no primeiro encontro. Ela havia de revelar mais. E Guiomar foi levada de manhã ao *Palácio de la Risa,* numa ala geralmente destinada aos homens. Lá, ficou vendada e deitada de bruços, nua, até ser conduzida ao andar superior, um pequeno cubículo. Vendada, de mãos atadas às costas, foi interrogada sob tortura.

— Quem eram os outros? Diga o nome deles!!

— Félix, Carlos Alberto, Brito, Piazza e... — ia respondendo Guiomar, quando foi interrompida por uma porrada.

— Negra suja! — gritou o oficial brasileiro.

A trompetista havia repetido a escalação da Seleção Brasileira campeã do mundo em 1970, e recebida com honras no Brasil pelo ditador Emílio Garrastazu Médici.

Os soldados não gostaram da ironia. Socos. Pontapés e uma corrente elétrica da "maricota" entrou em ação. Dois chilenos, um dos quais parecia ser um Oficial da Marinha que já a havia interrogado, começaram a tortura. Um brasileiro, logo na primeira aplicação dos choques elétricos, disse saber bem quem "Alarica" era. Disse aos colegas chilenos que estava ali para mostrar como se fazia. Como "se arrancava a verdade".

— Se não falar, você vai pros tubarões — foi o aviso.

O militar brasileiro, de fato, conhecia todo o percurso de Guiomar Castório (Blandina Telatim) desde Porto Alegre, e era no nome dos gaúchos que ele estava interessado mesmo. Naquela altura, Guiomar ainda conseguia raciocinar: "já sei de alguns condenados e presos. Vou recitar o nome apenas destes".

O interrogatório e a tortura foram até pelas duas da madrugada. A "sorte" de Guiomar, ao demorar tanto ao admitir o nome dos companheiros já presos em Porto Alegre, é que não ocorreu aos militares, decerto já exaustos, questionar o que ela tinha a contar sobre sua "companheira" Brígida. Engoliram o relato sobre a primeira fase da guerrilheira negra, parecendo a Guiomar que estavam mais sedentos em torturar do que saber "fatos". O prazer parecia ser mesmo a tortura pela tortura.

No dia 20 de novembro, apenas uma semana depois do golpe, e que já parecia "la eternidad", Brígida e Guiomar e algumas companheiras foram expulsas de Valparaíso por ofício assinado pelo prefeito. Isso somente aconteceu dada a pressão intensa da Anistia Internacional e o Comitê Ecumênico das Igrejas Cristãs. Brígida, Guiomar e mais umas argentinas e uruguaias foram para um refúgio das Nações Unidas em Santiago.

Fevereiro de 1974.

Pausadamente, Guiomar põe o pé na escada de um avião fretado pela Cruz Vermelha. Irá de Santiago para Roterdã. E alguém lhe bate no ombro. É Maeth, que se prepara para embarcar no mesmo voo.

Um vento frio sopra dos Andes. As amigas então se "abraçam na neve" que sopra dos Andes.

— Que tudo dê certo lá na Holanda, Guiô! Você é uma grande artista.

— E você. Está decidida mesmo?

— Sim, sim — respondeu Brígida, com as mãos muito trêmulas por causa dos choques das torturas.

— Eu vou ser professora em Usina. Vou voltar pra lá, sim. Ensinar o aeiou.

O CABELO DE DALILA

Não passes o tempo com alguém que não esteja disposto
a passá-lo contigo

Gabriel García Márquez

"Parece que anda dormindo", que minha sogra aplicava ao meu sogro, não se ajusta a mim, que decidi permanecer na cama nesta manhã de chuva.

Parar acordado e aproveitar o morninho das cobertas é mesmo a melhor ideia, embora Dalila aqui ao meu lado.

As cobertas estão quentinhas, morninhas, boas de ficar.

Deus que decida logo qual é o melhor ruído: se o que bate no zinco, ou as batidas do coração de Nossa Senhora mãe de Jesus.

Deus que se decida: o zinco ou os pingos que rebatem na janela?!?

Não vou levantar. A chuvinha bate no telhado e o som do zinco me faz melhor. Consigo então sentir tanto o ódio que tenho dela. Vai Dalila querer ficar também no morninho das cobertas?

Odeio esta mulher de todo o coração. Odeio esta mulher que me aprisiona até numa manhãzinha de chuva que bate no zinco. O coração de Nossa Senhora.

Deus é amor. Ou Deus é ódio?

Uma parte de mim nauseia deste corpo ao meu lado.

Levanta, Dalila! Você não merece nem a chuva que soa com um bom ritmo no zinco.

Um bem-estar e angústia é possível?

O coração de Nossa Senhora mãe de Jesus e o coração deste homem que sente nojo e a detesta bem de manhã.

Há 35 anos vivo com Dalila.

Sou bom em datas: em 1936, nasceu a sua santa mãe. A mãezinha de Jesus, como ela diz da Glétia.

Glétia é a minha sogra e haverá muito o que contar.

Dizem que o pai de Dalila disse que a nascidinha era um filho que ele gostaria de ter.

Este não é, nunca foi de Jesus.

Placenta e originais. Ambos prematuros ou em seu tempo?

É o que vamos saber aqui enquanto o ritmo da chuva deixa estas cobertas ainda mais morninhas. Ela não se mexe. Finge que dorme o sono dos justos, mas também está ali a me odiar.

É o que melhor sabemos fazer eu e Dalila: conviver para aumentar a insatisfação um do outro.

Chuvinha.

Pra falar deste romance, passemos logo a como se alimentavam os porcos: partiam-se as melancias em toradas e os porcos trituravam aquela melancia, nervosos, sôfregos. E era aquela baba vermelha misturada com sementes a escorrer.

A melancia era bem engolida e os porcos comiam mais, comiam até se fartar.

Gilas, morangas, abóboras, melancia, o ritual era o mesmo, embora a diferença daquela pasta para o mastigar do milho. Com o milho havia menos desperdício, era mais em seco e sem encharcar tanto os cochões de madeira bruta em fileira.

Os Remígios eram exímios em alimentar os porcos. Trabalhavam bem nos chiqueiros e diziam que os porcos se "folgavam" mesmo quando havia milho do tempo. Queriam dizer o milho colhido, o milho verde, porque o milho seco havia, ficava em montanhas no que o Rozeno chamava de "silo".

Ô, petulante!

Não passava de uma meia-água nos fundos do Matadouro, e feita de tábuas simples e bem enripada para evitar o vento e a chuva.

As crianças se agachavam e ficavam admiradas com os porcos sôfregos, nervosos na hora de se alimentar.

O cheiro dos cabelos de Dalila chega bem aqui. Estamos deitados a ouvir a chuvinha que nesta manhã cai. Ambos inertes. Parece que "andando dormindo".

A imagem do velho Rozeno com a chuva no telhado faz o seu ruído ser melhor.

O velhote gostava de bichos, de vaca, boi, mas o natural nele, vocação, eram os porcos. Usava calças ainda de botão e enfartou de uma forma memorável, que é o que eu estou a pensar.

Enfartou de forma memorável pelo seguinte: depois de enfartado, esgarçou bem a blusa de baixo, que era de Ban-Lon. Morreu sorrindo o Seu Rozeno.

O Rozeno é o marido da Glétia e, no tempo da Legalidade, ficava dormindo com a cabeça em fuzil. Dizem que foi depois da Legalidade que o Matadouro progrediu com o dinheiro do Brizola não usado e o Seu Rozeno usava um colete da cor do guará.

Chove, chuva. Chove sem parar e não quisemos ter filhos.

Na mesa da sala, com seis cadeiras de ferro, brancas, com estofado marrom, há um jarrão para água fresca.

O vinho, o sangue, que é miolo de melancia, é mais fácil de descrever. A baba dos porcos com o "sangue da melancia" (diziam os Remígios) e sementes só.

Desprezavam a casca, o que era mais superfície.

Dalila no morninho. Querendo encostar a perna.

Sai mais pra lá!!

Um sem pernas fica debaixo de um neon de uma loja. Um azul bonito nele, coisa de arrepiar.

Um homem sem perna. Um homem de calçote aleijado. Será que o colete do Rozeno ficaria folgado nele, neste sem perna do neon??

Agora é pra valer. A chuva está mais forte, torrencial.

Eu não vou levantar daqui até amanhã. Não vou. Ah, mas não!!

Com a chuva consigo lembrar. É da boa memória que se leva um casamento aos confins. Lembra-se mais e odeia-se mais.

O livro é um Steinbeck de quinto escalão. Enredo: dono de um mundão de terra, milhões de campo e um Matadouro que decide se "comunizar".

Romance de 30?

Ora, vá lamber um sabão!

Chove a chuva e a chuva se mistura com a memória.

Espera-se que ela vá levantar.

Dalila.

"A cozinha do céu da noite", cheguei a escrever pra essa aí.

Bulhufas!

De repente, ventou. E era bem assentada a posição da espingarda num toco trabalhado especialmente pra isso na Legalidade. Bem-ajustada mira. Era Pum!

Aqui na cama, Pum! E Pum!

Manhã, linda manhã de chuva. Dormindo comigo na chuva e a bicicleta sem serventia.

Guidom, selim, pedal. A roseta bem-lubrificada. Os raios ajustados e o melhor pneu.

Ainda existem aqueles pneus mais alargados, borrachudos, melhor para andar na chuva?

Não andarei.

Deixe que eu fique aqui no morno da cama sem andar de bicicleta na chuva.

Há um cansaço proposital. Uma preguiça sem culpa até em só andar.

Deixa chover.

O assoalho da cozinha está brilhando. Lembro que foi a última coisa que pensei ontem à noite.

Coisas pequenas, coisas fúteis, esses pequenos detalhes é que me fazem gostar ainda mais dos pingos da calha.

Um fusca amarelo-gemada.

Eu tive um fusquinha que tinha os vidros meio fumê. O menino não vê tudo. Também conheci um menino que não vê a amplitude das cores, só meios-tons.

Houve uma época, cheguei a pensar: preferia nem ver!

Estou falando dela, a deitada aqui nesse lençol de algodão fofo, a cama morninha, a chuva, *If You Leave Me Now.*

A velha canção do grupo Chicago era a nossa canção.

Boa canção. Boa como o velho moedor de café de minha sogra. Consistia no seguinte: de ferro e todo preto, era dotado de um girador com cabo de madeira que, à medida que era impulsionado, ia moendo os grãos. O café em pó caía numa caixa interior. Depois, tirava-se essa caixa e despejava-se o café cheiroso numa lata com motivos florais.

Tenho ainda certa simpatia por minha sogra. O problema é detestar a minha mulher.

If You Leave Me Now. Motivos que tenho para lembrar...

A cabeleira de minha mulher era — ainda é, admito — linda. Seus cabelos eram negros, abundantes, a pele morena, com a maquiagem no essencial. Batom vermelho, os seios pontiagudos, médios, se ajustavam bem ao tecido de algodão. Algodão branco.

A minha mão repousa com carinho na tela enquanto a chuva cai. A minha mão repousa na tela que tiramos da parede a semana passada. Nela, estamos nós.

Nos odiamos. Acredito que seja recíproco, pois recíproca foi a decisão de baixarmos o quadro. Restará na garagem, num canto que nem a bicicleta mereceu.

A bicicleta, como a gata, anda pela cozinha. Anda na calha agora a boa chuvinha.

Suas pernas, firmes, médias, bem-torneadas, especialmente de camiseta. Como eu a adorava descalça pelo assoalho de tabuão.

Dois livros, meus, repousam ao canto e eu puxo mais o edredom. Quero a maior parte só para mim. Já aventamos a hipótese de usarmos dois. Questão de espaço, para se sentir melhor.

Hunter Thompson, por exemplo, escrevia aboletado num Chamborg. Se dirigia pro meio de qualquer mato, cigarro, cerveja, a máquina, folhas e só.

Memória. Não mais.

Escrever é isso: memória. Isso: 99% memória.

Fácil como um neon em vermelho indicar um cabaré: Oh, *man*, não há criança que não saiba.

O estilo não se ajusta à memória. Meu livro emperrou.

"De repente ventou. E era o próprio Deus, trêmulo da invenção, na trapezista folha.

E era Deus com seu hálito denso com as duas mãos em concha.

Deus teve as mãos em concha na época da criação. Deus teve as mãos em concha no sexto dia quando teve essa ideia simultânea: de criar o homem e assoprar a umidade que é o que chamam viração, cerração, fog ausentino.

Deus estava era se assoprando de frio.

Na verdade é isto.

Nas imagens que sabemos de Deus, Ele está sempre com um manto que destapa o peito, recortado na altura dos ombros. Deus quando nos fez, parece, vivia na primavera.

Como não estava, portanto, nos seus melhores dias, no sexto dia?

Sim, foi um dia frio, um dia em que Deus bafejou... (Deus teve tosse-comprida, asma, bronquite, rouquidão??)

Fog ausentino, paredes encharcadas de Caxias, fumaça de canos em São Joaquim.

Ou não é de Deus?!"

O livro está emperrado aí. No corpo do meu sogro enfartado, mais o fato do olho azul. Ninguém chegou para salvar o Rozeno enfartado depois de uma congestão.

O sem perna chegaria pra salvar?

É o que eu imagino aqui na cama morna: o sem perna a ajudar um bêbado no Sombrio.

O que não se faz num "tempo instável", no modo de se dizer, por nós?!?

Escrever sobre Deus...

Um tic-tac de coração de Nossa Senhora e esta perna desta louca que ainda ressona aqui bem ao lado.

Esta cama, há muito, é pequena pra nós.

Ódio. Pílula. Livro em nascimento prematuro. Um livro prematuro.

Nossa Senhora mãe de Jesus agora de garçonete.

Meu sogro tinha os olhos de Cristo. Estriados, vivinhos, puxando prum azul de verniz.

Não de neon. De verniz.

E o Cristo enfartado, estirado, esgarçando bastante o Ban-Lon. Com a barriga estofada pra cima e já se dizendo (os Remígios) que uma puta grávida deixou.

Foi antes de eu conhecer Dalila. Só nos relacionamos depois.

Com minha sogra, não. Era ela quem me alcançava o leite quando eu ia com tarrinho buscar.

Barriga estofada pro céu. Imagem da chuva. Imagem de uma chuvinha de manhã.

Que o meu sogro de cinta e suspensório ao mesmo tempo (esta perna dela insiste em se aproximar. Cama de menos para dois), os olhos bem brilhosos, se enfartou.

Olhos e sapatos em verniz o Seu Rozeno tinha.

E que a faca do matador de porcos, cujo lema era "só dou na jugular!", era no mesmo conjunto. Com um cabo de verniz.

Chuva e pensar longo. Frases ruins.

A faca que era um estouro. Faca boa para atorar frases ruins ao meio.

Chove a chuva e é "Deus" a me conduzir.

Faca, espingarda, sempre tem espingarda pro presidente Jango garantir.

O Matadouro Boamar & Família tinha essa espingarda como uma recordação.

Hemingway, escritor americano, estourou os miolos com uma dessa aí. Deitou-se (será que chovia?), virou o cano contra si e acionou o barbante que havia preso no gatilho com o próprio pé.

Estourou os miolos apontando também a barriga estofada pro céu.

Meu sogro. Minha sogra. Se houvesse um fuzil deles aqui em casa isso não ia ter um bom final.

A chuvinha de manhã acalma os nervos. Menos o ódio.

Só os nervos do ódio.

O malquerer permanece igual. Igualzinho.

Escolha, Deus!!!

Qual o ruído melhor?

Chuva no zinco. Espingarda, miolos de melancia, miolos de escritor americano, Ban-Lon.

A faca que era um estouro. A faca não era um revólver, mas era um estouro de bonita.

Dizem, uma faca judaica. Dizem, um faca pra jugular.

Quem? Meu sogro?

Que o Cristo, pai desta aqui do meu lado.

Meu sogro não tocava em revólver. Só em faca e espingarda.

Por isso o ódio: além da falta de amor que lhe tenho, já faz tempo, dei ainda mais em lhe odiar.

O Cana Velho (como passei a chamar o Seu Rozeno depois que adormeci meu amor por ela), o Cana Velho metido a bom administrador.

(Olhos azuis!!!).

O Seu Rozeno (isso será repetido aqui) se revirando de lado, dormindo na sesta com o braço torcido. Era o tatu que comeu?

Não. Era a costela de uma leitoa. Que era uma farofa, mas de leitão.

Farofa de leitão e, às duas da tarde, já!!

Enfartou.

A sesteada por cima da cama e uma janelinha aberta pra ventar.

Pensando com essa chuvinha de manhã dava bem uma foto: o velho Rozeno protegido de uma capa campeira e o colete da cor do guará.

Cada um tem o seu jeito.

Já viram que Deus assoprava as mãos pra criar o pânico nas folhas mais secas, pra criar a cerração mais fechada e as paredes encharcadas de Caxias do Sul.

Neon. Aleijado sem pernas. Caxias do Sul!

Um jarrão na mesa de nossa sala. O jarrão pertencia à Glétia, mãe desta aí que dorme comigo.

Casei há 35 anos. Hoje, odeio.

Principiou por aí.

Casei. Hoje escuto a chuvinha melhor.

Ainda quando se está quase bem-casado não se presta a atenção em muitas coisas. Coisas mais modernas e mesmo não tão modernas assim.

Um livro se começa com rostos, embora eu não acredite, pra variar:

Heiurque (o pai de Glétia envelhecido), Northon (o escritor angustiado), Sansão (o pequeno), Horácio (o linho listrado), Lôra (a enfeitiçada), Carmosina (a serena), Teodósio (o moreno solícito), Tercila (a tristonha), Antônio Sadio (o aborrecido), Dino Pinto (o atormentado), Jada e Gaspar (o casal descalço), os Remígios (parem as gaitas!!), Cacildo (Chimbo), Tena (o cortador de melancia, morangas, e por aí vai), Peco (o barqueiro), Dirôdo (Algacir), Glétia (a mais bonita namorada), Arcílio (o sutil, o arguto), Brune (o ganancioso),

Valêncio (o perfumoso), Sône (cortador de melancia, moranga, campeão no taco), Velocino (o escrivão), Tercivaldo (um vergonhoso fascinado), Alvino (o estranho), Serafim (o "Sacudido"), Domitília (a querida), Jardeci (querida pessoa), Celito (domador), Bastio (o puxador de milho), Tio Cila (o alegre), Bibílio (tomador de promissórias), Candiago (atendente de balcão), Esnilzo (ajudante de Candiago), Claés (a dona do Cabaré de cabelos alaranjados) Sidino (o rosto seboso), Maria Amara (a mãe de Gaspar) , Benhur (o remador), Algacir (o angariante), Gerítzia (professora), Matilde e Cristina (filhas da prima).

É a lista dos personagens já com rostos e poucas histórias pra contar.

Os pés descalços de meu sogro na hora do enfarto. Tenho rosto e pés.

Seus pés descalços. A sola dos seus pés sujos da terra virgem, da terra preta.

A amei tanto por isso aí.

Dalila, meditativa, com o cabelão caindo para a direita e resoluta. "Façamos isso". "Queremos aquilo".

Falava comigo no plural.

Lutava com o cabelo com as pernas trançadas, estilo yoga, de camiseta e calcinha só.

Não usava sutiã.

Agora usa.

E usa também presilha.

A partir de que nos odiamos, deu para ficar ainda mais meditativa. Mas não luta com a cabeleira mais.

Olhava pelo retrovisor do antigo fusquinha e via que uma densa nuvem de poeira levantava.

Íamos em busca da terra virgem, dos pés descalços, do nosso amor.

Há qualquer coisa de pegada em não se querer. É como se tivéssemos escolhido linguado no menu. E haverá os mais variados estilos e modelos de lágrimas. Para cada tipo de máquina fotográfica uma lágrima igual.

Há neblina com a chuva?

Deus, quem sabe, nos deu estes riachos contornados por estradas em "s" para que houvesse ali um beijo na cabeleira mais abundante. Eu beijava o seu cabelo inteiro.

O moletom que ela usava era cinza-claro e ela adorava as torradas servidas por mim.

Na cama há uma disputa igual. A chuva continua.

Quem diria que a odeio, que os gerânios secaram, os fenos não mais têm perfume, estas escadas de shopping modernas servem para atrapalhar.

Design & Feno. Chove a chuva sem parar.

Nosso telhado fica assim, em "vê". É uma casa simples, de madeira, coberta de zinco. Há uma janela e porta de frente. Aos fundos, outra janela e porta com um pequeno tapa-sol na altura das calhas.

A garagem é simples, conjugada à casa e é o lugar do Clio.

Dela.

Eu não tenho carro.

Não gosto mais de carro, prefiro andar a pé.

O fato de a bicicleta também estar na cozinha é coisa dela. A gata tem de mim o mínimo carinho e, por parte dela, o mimo e muito mais. Não vou preencher a paciência aqui aos mimos e cuidados que ela tem com a gata que é bem aí que eu começo a odiar.

Relação desgastada, embora os riscos no tabuão brilhante não cheguem a me incomodar. São os riscos das unhas da gata. Suporto uma como a outra.

No painel da velha Willys do meu sogro vinha grudada com ímã a imagem de São Jorge. Em nosso refrigerador também há ímãs, pegadores de várias espécies, além dos telefones do gás. Há uma fotinho da gata até mesmo ali. Pego o leite, a cerveja, tentando entender o quanto é inútil a minha irritação. É possível odiar sem se irritar. É possível um ódio mais manso. Faz bem lembrar da velha estradinha em "s" nas bordas de um barranco. Um riacho que ao bater nos barrancos fazia espuma.

Deus nos dava este pequeno dilúvio privado em nosso tempo de amor. Agora (enquanto chove e ela resmunga algo incompreensível disputando o edredom), eu lembro dela tomando sua cerveja em lata. Aprendeu comigo: ao lado de um furgão que já tivemos, há uma foto dele de calção vermelho, o moletom cinza-claro, o cabelão solto e bebendo direto da lata. Tem um binóculo na outra mão que pende até a altura do joelho direito.

A gata nem lembra o cachorro que tivemos e que pensei até em empalhar. Dick, se chamava. Resta ali no balcão da sala sua cabeça em cedro talhado feito por um artesão de São Joaquim.

Ela também tem lá seus motivos para o despeito, o ódio, para as suas reclamações. Nos suportamos (gata com unhas esmaltadas e cabeça de cão em cedro) até o limite, sem mais.

A gente olhava muito o pôr do sol. Gostávamos principalmente de ver as velas na praia com o vermelhão do sol por trás. O sol se pondo e a perspectiva de esbanjarmos um torradão triplo. Pouco jantávamos. Comíamos à noite alguma bobagem e já púnhamos o VHS a funcionar.

Filmes demais foi o começo de nosso crepúsculo.

Os 39 Degraus de nossa derrocada começava ali.

Eu poderia estar no meu balcão agora, mas prefiro ficar aqui, fingindo que durmo. Eu poderia estar tomando nota de tudo isso, mas prefiro ficar aqui: os olhos bem abertos olhando para os barrotes do teto, madeira de lei de um casal sem lei. Sem mais regras, respeito mútuo que haja, mas com este enfaro recíproco.

Prefiro ficar assim. A chuvinha de manhã. Na cozinha dois pimentões numa bacia de barro. Na sala, flores recentes, rosas brancas, postas no vaso. Oito cadeiras em torno do mesão.

Quando está para chover assim mais demorado, uma manhã inteira, o céu se condensa bem. As nuvens ficam estáticas, é quase uma neblina alta a despejar esse sossego bom.

É disso que eu gosto. Eu não gosto de pimentão, de rosas brancas recém-colhidas, eu detesto cadeira vulgar. Cadeiras brancas de ferro com estofadinho marrom.

Eu detesto um tanto de coisas, noves fora minha mulher atual, mas ainda gosto de algumas coisas que me fazem bem: escutar o Nick Cave, ao vivo, vestido sempre de preto, sem gravata, mas paletó e camisa social. O Leonard Cohen, o Tom Waits.

Eu gosto de umas gravuras de fase nenhuma do Picasso. As mulheres do Picasso parece que viviam numa cólica permanente. Gosto de uma outra gravura de vestidos verdes que nem sei mais se é dele.

Take it ease tinha no painel do meu fusquinha, o decalque de cabeça para baixo. Eu sempre fui o gaiato em nossa relação. Ela, cada chave em seu lugar. Cada gaveta de armário com a respectiva fichinha para ninguém se perder. Eu só me destacava (segundo ela) para fazer as torradas de então.

A chuva. Fotografias. As mulheres não cubistas do Picasso que eu gostava de olhar. A família de sua prima. Sentados: a prima, o marido barrigudo com um bebê de pé sobre a perna. Aos pés da prima um menino de uns 5 anos. À esquerda, de pé, Angelina. À direita, de pé, Edilene.

Família da prima.

Nunca tivemos filhos. Tivemos furgão, barraca de camping, ela era tão organizada até com as cadeiras de mar. As cadeiras de praia floridas, em cores quentes. Nunca se tocou.

Ressona agora, ou faz que sim?!?

Eu nunca deixei de amá-la mesmo em meio às alfaces. Nossa pequena lavoura.

Alfaces.

Vermelho, marrom e roxo, as cores da praia. As cores do ódio.

Ela detestava algumas coisas também em mim em pleno amor: não suportava que ficasse a olhar aqueles folhetos promocionais do Carro do Ano. Eu, que hoje ando a pé, lembro dela em meio às taquaras, a coisa mais rústica que nos permitimos. Fizemos uma cabana de taquara e ela depois da praia vinha se trocar ali: sem sutiã, de tanga preta, a tanga preta deixava a sua bunda com as duas saliências saborosas que só emolduravam mais seus contornos em direção às pernas firmes.

Foi sempre uma mulher desejável, desejada, querida por mim. Eu adorava desafivelar suas correntinhas, desabotoar o único botãozinho que havia naquela suave camisa de tecido de linho macio e transparente. Tivemos belas noites de amor.

Os penhascos de várias comunidades da Itália. A máquina de costura de sua avó. Nada de mim. Nada de mim filho de sírio com italiana já nascida aqui.

A habilidade maior de minha mãe era passar nos galinheiros e apanhar com sua delicadeza os ovos que punha numa cestinha. Meu pai não, era um homem prático, decidido, o legítimo libanês. Ficava entrevendo entre as aberturas das camisas o seio de cada mulher.

Dalila (este é o nome que eu já não suporto) usava um chapéu branco que lhe escondia o topo da cabeleira e deixava as sobrancelhas ainda mais salientes. Os olhos negros olhando à esquerda para mais um ovo apanhar.

Eu confundo as duas mulheres de minha vida agora enquanto a chuvinha cai.

Essa era minha mãe. Caneca com florzinha desenhada a queimar os lábios delicados como nunca vi.

A chuva traz você, minha mãe! Seu sepulcro sem nenhuma, nenhumazinha identificação. Tive também Dick, o cachorro, e este fiz em cedro a sua perpetuação.

À minha mãe nem um cedro lhe dei.

Gosto de ouvir a chuva. O tic-tac do coração de Nossa Senhora mãe de Jesus.

"Tudo em fórmica". "Tudo em fórmica", me disse Dalila naquele Natal de estuporação. Ali concluí que acabava. Veio com uma sopa em calda grossa, legumes moídos, e isso só piorou. Eu estava de ressaca. Uísque com vinho, Natal e tudo, e eu cometi o vexame de um cartaz quando a Meia-Noite chegou. "War Is Over".

Desandou.

Ela desaprovou totalmente o cartazete improvisado. Passou (disse ela) vergonha por mim. A mãe, a família da prima.

Esta série de fatores recíprocos, as coisas tolas que minam a relação. Eu tenho, por exemplo, bem-disposta (único setor de minha vida que organizo) uma biblioteca bem considerável. Eu sei que ela não vê hora de nunca mais ver tudo isso ali. Oito prateleiras com livros e o meu balcão. Consigo localizar à distância cada edição que precise. Conheço os autores pela cor da lombada, lembro até o dia que os comprei.

Um sebo, o destino deles quando eu morrer.

Também não os cuido tanto assim. Há um pó acumulado e havia mais pó na Aero Willys quando seus pais comemoravam antigos Natais. O pai contando que ficou em só três rodas porque não pode desviar um buraco na estrada ruim.

Em natais depois, já sem ele, eu cantei "CHRISTMAS DAY". Eu trouxe um cartaz e bebi uísque e vinho depois.

Chuvinha. Torradas. Coisas boas melhores de saber. Não o túmulo anônimo de minha mãe, não o tornear de cabeça da moça que ontem vi. A mão recompondo o cabelo à altura da orelha. A sua juventude a me constranger.

O refúgio que é uma caminha morna numa manhã de chuva sem parar. A cama fica contra a parede e ao lado do janelão. Na janela batem os pingos mais laterais.

Há sensação melhor?

A moça e seu torneado de cabeça.

Eu gosto de assistir desenhos animados com estes ursos espertos que dão rasteira em carrinhos de supermercados. Eu não posso nem lembrar de ela tirar o seu moletom sem o sutiã. Seus seios rijos, sua calcinha de algodão. Fazia isso, como um ritual, em frente a esta mesma cama aqui. Era o prenúncio que queria fazer amor.

Agora, anda de bicicleta. Nunca me falou da chuva e nem como gostava de licor. A reprimenda ao meu vinho porém era constante. Os elogios que me pedia quando mudava algum quadro barato na sala.

Rosas brancas no mesão. Cadeiras brancas de ferro e acento marrom.

Um barco simples com indicações de navegação eu usei anos como marcador de páginas dos livros que li. Gostava especialmente de Hemingway dos contos. Gostava de Nick Adams a pescar.

Eu sempre apreciei a boa memória de Hemingway, as praias mais desertas e bonitas à luz de Deus. Luz que entra por frestas, por claraboias, por um vão entre os galhos e folhas de uma árvore. A luz do sol por entre o desvão da cortina de nosso janelão.

Gostava de luz e agora na penumbra ouço a chuva e penso em formas de como ainda mais odiar. Odiar esta mulher por quem tive amor. O amor do amor do amor do amor de todo o amor.

Dalila. Chuva.

Estive ao teu lado. Estive ao teu lado no soro, na hora da febre, como também saltei contigo no cachoeirão. Lembro o cavalo negro que ganhei com peso de papel. Que as anotações de uma mente tão fértil não voassem!!

A mente, as memórias, as reminiscências esclarecem quase o todo. É preciso pôr um peso sobre estas memórias, mas desta vez, um peso perpétuo, final.

Eu ficava rabiscando, fazendo garatujas enquanto meditava em nosso amor. Preenchia rascunhos com bobagens assim: desenhava búfalos, barba-de-pau pendendo de galhos, em guarda-chuvas eu era melhor.

(A utilidade nenhuma de um guarda-chuva nesta manhã de chuvinha boa).

Eu me perdia entre anotações e papéis. Um bom Xadrez. Melancia, eu gostava.

Ela dizia do seu sonho de conhecer a Torre Eiffel e isso fora dito em um trailer de cachorro-quente e ela de vestido azul. As rosas vermelhas que lhe dei: isso era aniversário e forma de comemorar??

Fazer o quê? Ela era o improviso em perfeição. A mulher de minha vida, eu não tinha por que duvidar.

E hoje a detesto. Detesto suas ideias pobres, a ponte que te pariu.

Bancos de praça são assim: de madeira, torneados, em vão o acento e (segundo ela) um ótimo lugar para ficar.

Vê se pode eu concordar em estender luzes sobre o jardim na tarde de Natal?!? Lá ia eu e a escadinha pensando no WAR IS OVER e na canção que decorei.

A derrocada estava traçada ali, não tenho dúvida.

Fatiar em quadrinhos a massa, comer bolinhos de chuva, a maionese em substância na pizza que nem era lá.

Ela gostava de se estender ao sol e bronzear os seios. Isso não me fazia bem. Eu era o mais possessivo da relação. Eu já era (como ela diz) um homem execrável em nosso momento melhor.

O ódio hoje é recíproco.

Se eu abrir a janela verei que a chuva encharca os telhados de um condomínio popular.

Não vou abrir. A chuva deve durar talvez até 11h, talvez demore mais.

Preferia, no inverno, rachar a lenha, abastecer de lenha a parte de baixo do fogão e deixava depois a lenha a queimar com a porta aberta e ficava olhando o clarão do fogo e da lenha em combustão.

Escrever à máquina. O dia em que ela chorou com as duas mãos tapando os olhos, mostrando do rosto apenas a boca e a ponta do nariz, foi o dia em que seu pai morreu. Chorou um tempo assim com as mãos tapando o rosto. Uma âncora. Ela precisava de uma âncora e, talvez, não percebi.

Execrável. Preferia vê-la de camiseta! Sua posição de yoga, as pernas entreabertas, eu era desejo e só. Não âncora.

Raramente ela entrava na biblioteca. O lenço que ela trazia ao pescoço na meia estação lhe caía bem. Eu a elogiava, sim. A biblioteca, meu habitat, para ela, o pior do pior.

Era uma concorrência gratuita que ela estabelecia e isso só relaxava quando viajávamos no verão: estivemos em camping, tivemos furgão, praias desertas e incontáveis piscinas de hotéis por aí.

Ainda assim eu lia na sombra. Ela preferia mergulhar. À noite, parecia um pimentão de tão queimada. Eu concluía geralmente alguma leitura antes de dormir. Em sacadas. Ela queimada e no maior mau humor.

Gostávamos de ir em cafés também. A luz é sempre agradável e é "um lugar bem limpo", bem bom de conversar.

Ali, por fim, eu falava das minhas leituras e ela, sinceramente, me ouvia com atenção.

Não, não. Não era dissimulada como as mulheres do Machado. O lenço lhe ficava mesmo bem e agora a presilha lhe dava certo tom. Quase intelectual a minha cultivadora de alface que, por fim, odiei.

Eu sentia que era esforço dela para salvar o casamento perdido. Eu sentia ela reunindo todas as forças para nos trazer: planejou viagem à

Europa (nós nunca saímos do Brasil), me mostrou mapas com cidadezinhas do Portugal interiorano e achou que eu iria me interessar. O Baixo Alentejo, Beja, Vidigueira, esses vinhais por aí.

Não viajamos extensamente, porém. Dava para se de dizer que ela foi 80% panelas, frigideiras, talheres, garfos, facas, baixelas, do que uma mulher do mundo.

Na verdade, até bem pouco, o seu mundo fui eu.

Eu tenho uma foto dela no Farol de Laguna, em Laguna, Brasil, no verão de 1986.

Em Laguna há o Bar do Cemitério. Aqui em casa há uma tela de plasma para que eu possa ver melhor os ursos animados a dar rasteiras em carrinhos de supermercado.

Como essa vida seria banal não houvesse as intempéries, a chuva, o vento, o frio. E há quem diga que a previsão do tempo (a previsão de resultados do futebol também) é uma inutilidade.

E a previsão do Farol de Laguna, pra que serve?

E a previsão dos meus ursos na tevê? O que me acrescenta a próxima rasteira??

Aprendi com Notas De Um Velho Safado, do Bukowski, e aprendi com O Estrangeiro, do Camus.

Peter Handke é um belo escritor. Mora na Áustria. Sua obra talvez folcloricamente mais falada é *O Medo do Goleiro na Hora do Pênalti.*

Faz sentido. Eu e Dalila estamos como o batedor da penalidade e o goleiro a se posicionar. Só que não há o sinal da arbitragem. Há tempos nisso e não há o instante fatal.

Presilha.

Estamos odiosamente presos um ao outro.

Recordo. É o que mais sei fazer. Encher balões de aniversário também. O faço com maestria, embora nunca tenhamos tido "o aniversário do filho". Amarelo, azul, verde, vermelho, branco, marrom, lilás. Os balões amarrados uns aos outros por cordões dão um belo conjunto na sala de oito cadeiras não ocupadas.

Fomos de poucos amigos. No máximo, a família da prima (Angelina e Edilene me deixaram exímio na arte de assoprar balões), e D. Glétia no Natal.

Oito cadeiras de ferro!!!

A chuvinha prossegue e eu não tenho nada de mais especial para fazer. A veia secou. Vivo um "live free" com a minha criação poética.

Na verdade, "nunca mais", "nunca mais". Meu corvo interno me avisa duas ou três vezes ao dia.

Sou obediente. As camisetas, cuecas e calças usadas eu deixava no balaio próprio pra isso na época da boa relação. O chapéu tinha o seu gancho no corredor da cozinha e ali também ficavam suas variadas sombrinhas e o meu guarda-chuva de resistência melhor.

Nossa casa é simples. Nunca ostentamos e nem sonhamos moradia com tijolos caramelados. A biblioteca é o meu recanto como a ótima onda, grossa, violenta, alta, é o recanto do surfista. Portanto, um recanto que se retoma vez que outra à superfície. Assim é a onda do surfista, assim é a biblioteca para o poeta já ocasional.

Não há coisa mais prazerosa e prudente do que aproveitar esta manhã chuvosa para fazer estas deduções. A vida, afinal, é uma coleção de bules na janela com a vidraça deixando transparecer essa chuva que chegou.

Há 1, 2, 3, 4, 5, 6, 7, oito bules da coleção de Dalila no frontal da janela. Há bules do Lageadinho, do tempo do feno, dos tempos do Heiurque Gonçalves, pai de D. Glétia, dono de terrão.

Esse *Vinhas da Ira*, eu já disse.

O livro está ali, vejo a lombada e imagino mesmo a sua capa agora deitado aqui. Aqueles rostos em primeiro plano do filme do John Ford.

Fala de terras. Da distribuição de terras.

Heiurque era dono do Lageadinho inteiro. As fronteiras de tanta terra era apenas a Serra geral, os penhascos, quando aqueles precipícios de meu Deus deixavam de ser dele.

Para cá, nesta direção de Lages, o mundo era dele: velho Heiurque Gonçalves, avô de minha mulher.

Muitas vezes imaginei que foi esse o interesse que prendeu Dalila.

Uma hipótese aceitável, para nós (ela, eu, a gata e o cachorro).

O Dick era um policial de pelo preto e manchas brancas ao correr do lombo. Ofegava e demonstrava uma singularidade nas patas dianteiras: sempre firmes, mesmo se estivesse na lajota mais escorregadia.

Este cão era para o matadouro.

Esta chuva me faz pensar demais.

Se abro a mochila, então, há relógio, canivete mil-e-uma-utilidades, máquina fotográfica, o Ray-Ban, agenda em tamanho menor, celular, par de luvas, comprimidos, binóculo pequeno, capa para óculos e um esparadrapo seco sem utilidade especial. E cartuchos. Seis.

Na Estrada do Sol era bom de se acelerar ouvindo Kentucky Babe, aquela dica que o Salinger deu num conto. O Salinger viveu com uma ninfeta e eu vejo muito nisso a sua reclusão.

Dalila é uma mulher madura, consciente, honesta, ainda assim nutro o maior ódio que há no mundo por essa criatura que ressona aqui.

Eu viveria também recluso com uma ninfeta só por vergonha de Dalila.

A moral que desopilei na sentença anterior diz muito de mim: um merda a ouvir chuvinha de manhã.

O velhote H.G. Wells se sairia melhor. Reparem o meu estilo.

"Gritou coisas da Bíblia, do consolo escrito nela, uns três versículos adoentados que decorou: Sofrerás! Prantearás! Teus pecados nos pulmões por primeiro.

Que estes são tudo, até mais que o coração.

Que os pulmões têm parte com Deus, que engolem o vento dele. Pra Deus entrar ali e pôr as mãos, pra Deus por ali ficar um pouco e depois o escarro.

Deus que vem. No tossido, bronquite divina em toda a sua extensão: tosse-comprida. Cheia de graxa e pro Amém do Cristão.

Que morre do próprio. Deus onipresente até por dentro do pulmão.

Em pedacinhos dele o tossir do velório.

Quantos ali escolhidos?

Que faziam os velórios ao lado do snooker. Entrava gente pra jogo e gente pra se despedir. Se despediam do dinheiro mais. Porque no velório, geralmente, era um só. Jogo? Era o que mais havia: canastra, pôquer, snooker, caçapas a esvoaçar.

Vivia vindo gente à carroça, carreta, charrete, de a cavalo.

De éguas nunca se ouviu. Que recebessem a hóstia, que saísse de dentro de égua qualquer forma de Senhor.

Mas que serventia também teria isso?

Deus? Morte?

Que parecia a pergunta pra aposta?

Deus? Morte? Beber um rio?

O mais moço dos Remígios dava o campo se não bebesse. Dava à Banca, dava contra quem quer que jogasse.

E a careta enfezada que fazia era por isso: não sabia o que o levava a Deus.

Não sabia e contra este também jogava.

Que entendido em rio como ele, Deus não buscou provar com água o próprio filho que matou?

O sudário do rosto dele não é isso? O tamanho dos furos nas santas mãos também não?

Que foi a tacada da noite. Ô, Remiginho!!

Inteligente na Matemática e que na tacada da noite apostava contra Deus.

Que lhe alcançassem o fancho, que o Remígio novato se aprumando no cocho, que pedindo penico pra enfrentar.

Mijava na morte!

Queria o taco torneado, o lenho da Santa Cruz. Que feito dela, do mesmo Ipê afamado, o fancho que lhe alcançaram. Dava o campo se não fizesse.

E a Bola Negra, a de esmalte, azarada, a Noiva dos Solteirões, ia correr bem por ali. Na contra-tarimba, pegaria o efeito, e voltaria mais por cá. Já sem efeito, em linha reta e pegando mais velocidade.

Tchbummmm!

Socorreu-se por esta taca do fancho. Pediu penico no bom sentido, que era mijo e caridade em uma só vez.

Que a cor da esmaltada saiu perdendo o vernizinho colorado e era a mesma cor da jaqueta de napa dele.

Era igual.

E o Remígio deu a tacada e ficou nos punhos esgarçando a napa dele. Se arregaçando a napa pra região dos cotovelos depois de jogar.

Devia ter se preparado pra isso antes, não depois de jogar.

Mas que era o nervoso. A dó que deu do negro nos nervos foi coisa de se dizer. Tinha só um capãzoinho com riozinho em 's' e inventa ainda de jogar.

Jogando um rio de dinheiro e calculando no taco pra não errar. Esse era o evento: que as mãos furadas dele nessa noite, que o azar, a tacada perdida foi por culpa da morta que ele pagou.

Um velório do lado. Que o Remiginho jogou um rio inteiro em 's' e nem uma morta respeitou.

Era num velório do lado.

Que ele batia três vezes no cocho, azarado, enfezado, intrigado sem embuchar. Até brigar brigava se surgisse comentário ali. Queria entregar o rio em silêncio e começar então a pagar seus pecados. Que tava se sentindo em seu próprio íntimo ser um dos 12 que Jesus desconfiou.

Precisava rezar. Precisava de boleta, precisava de reza de comadre, não lembrava do que mais?!?

Como é que me perde o rio da santa, Jocemar Remígio?

O Sône. Filho de Gaspar. Neto de um outro que morreu.

Que ainda banhado em suor, açucarado de mel, o moreno, hum-hum, cumpriria a aposta. No outro dia mesmo chamasse o Velocino escrivão.

Era o gosto dele, botasse por ali o dedo. Que levantava a camisa e mostrava o caroção. Tinha caroço e tinha flâmula do outro lado da sala. O Sete Baiano na parede pegada ao bilhar.

Este era o recinto.

Esta era a calada da noite e que o foragido da sorte, foragido do jogo, entrou então no velório de menina pra contar.

Benzeu-se, e começou a falar do rio que perdeu e denunciou: que entregava o rio, mas que ia dar da pólvora dele capando a partir deste dia. Que mantinha o fio do bigode, manteria a palavra, mas que ia virar num ranço. Seria só um homem do mal.

E este o segredo dele: diziam que pra capela pro São João Maria tinham tirado o dinheiro do rio dele. O Rio do 'S', esse que ele ia entregar.

Que os Heiurque, com mula e tudo, na barranca, com uns copos de leite a adornar, acharam dinheiro ali. Bem onde antes era só pedregulho. E que o Heiurque falava em dividir terras, mas só depois que tirava as panelas de ouro. Que o Heiurque deu em comunidade aquele pedaço de capão pros Remígios depois de pelar a serra, depois de secar o rio.

Três tachões de moeda de ouro, dizem.

Que o Remígio esse agora perdia. Ao invés de fazer um casebre novo, um habitado novo pra ele, pra Santa, e os filhos, puxava era uma água benta pra morta lhe perdoar. Até pra se arejar.

Podia um homem suar de calor numa noite de frio.

Dessem mais água. Até pra sua higiene.

Tudo era muito limpo em volta do 's' do rio e não tinha ali probabilidade de ter mais panela de ouro. Que só teve antes. Que foi quando o Heiurque passava com a mula e o açúcar.

Parou nos copos-de-leite pra descansar e foi quando viu a mula de São João Maria a pastar.

Quase não acreditou. A mula de São João Maria aparecia pra mostrar panela de dinheiro e o Heiurque se sentiu bem melhor.

Tapeou a mula por vibração, deu um 'humhum' mais exaltado e foi em direção ao raso do rio.

Pois não é que os índios antigos tinham botado o dinheiro dos padres bem ali?!?

Na curva da cascatinha, bem no 's' do rio.

Ia cavar?

Mas se fosse só uma mula que se fazia?

Isso. Se fosse só uma mula imitada. Não ia cavar em vão?

Cavar na água. Era uma indicação de índio.

Que é que ia fazer?!?

Arriscar.

Se endinheirou.

E depois, fez a estátua de São João Maria e mais uma capela pra santo, e São João e santa tudo feito de pó de gesso mais cal.

Pastando no limpo a mulinha apareceu pra ele.

O Sône sem rio puxava a jaqueta de napa pros cotovelos e não se "arrenpedia" de jogar.

Era o melhor taco da região. Era até mesmo apreciado agora dentro do velório.

Parecia que até estava sendo um velório abençoado por andar por ali o Campeão. Tratado como tal!

Que pelas chagas de São João Maria, disse uma morena mais velha, não entregasse o rio por jogo. Que o velório era um sinal pra impedir essa contravenção moral.

E a Santa, e os filhos? O que ia dizer pro Gaspar de quem herdou??

Que essas negras velhas sempre protegiam os mais necessitados morenos, fosse ele humilde ou Campeão.

Um capuchinho odiava essa morena benzedeira e com instinto de preservação dos dela.

Um frei Gillonay, bem belga, odiava essa Carmosina. Que ela chegava na capela pras missas, serpenteando por trás do rio, o 's' em Dilúvio, a presença da negra era vista.

Na verdade era uma cristã, que vinha ali ouvir a palavra de Cristo e nada havia nela de mais oculto pra se dizer.

Como a água vindo a escorrer vinha a palavra do padre. Bem Belga, em crimes em confissão.

Carmosina recebia essa palavra do capuchinho contra o seio.

Até se trair.

Com que ordem entrava ali? Quem estava a caçar?

Que o Gaspar Remígio, esse, sim, de ocultismo, não queria a preta velha ali em capela, em missa e confissão por praga rogada, que a negra velha voltasse pro seu fogão.

Que saísse.

Que os Remígios choraram por muitos anos uma filha morta e depois passaram a ser mais cristãos.

Menos Gaspar.

Esse, já bem desafrouxado, dos cochos encarregado e que dizia assim pro Rozeno.

Teu sogro pensou em repartir. Deixe pra nós o Matador."

É o "momento áureo" do meu romancezinho esta passagem, Quando Gaspar Remígio, em memória de Heiurque Gonçalves, sugere a Rozeno "comunizar" as propriedades.

A neta de Heiurque Gonçalves dorme aqui ao meu lado.

Nos bons tempos era a hora do café da manhã. Ela sequer se mexe. Eu mesmo não moverei uma palha para o pão de cereal, o mel, as xícaras em par postas para receberem a primeira porção de leite seguida do café, com o "obrigado" tradicional.

Deixa chover. Deixa que o pão também ressone, a tábua de fatiar fique sem serventia, deixe que os dois ressonem com esta chuva que dá dó.

Dó e dor. Esta dor que eu acrescento como fermento a aumentar ainda mais o ódio de ter de permanecer.

Havia na sua saleta dos fundos de Dalila a velha máquina de costura de pedal, e uma porção infinita de vidros de tinta para aquarela. Ela costumava preencher seu tempo ali ouvindo, vez e outra, canções gaúchas tradicionais.

Sabia das músicas e da culinária também: bolinhos de chuva fazia como ela só. Grostoli e o cuscuz.

Eu nunca esquecerei as suas duas mãos postas em concha o dia em que o velho faleceu. Cuscuz era comida dos seus antigos empregados negros a quem, enfim, doaria as terras em comunhão.

Mas dizia que ela possui vidrinhos de tinta que depois dissolvia em água e passava a pintar. Havia uns 15 pincéis e o que eu chamo de quadros "baratos" na sala são as aquarelas que ela pintou.

Escolheu as quatro "melhores" para ser a nossa decoração. Na aquarela menos ruim, ela desenhou vários arcos de cores também variadas que nem remotamente lembram a Torre Eiffel. Mas era para ser.

Eu tenho repulsa por isso. Por muitos anos, resisti.

Como Dalila era uma boa pessoa. E eu, no recanto da "onda do surfista", me confundia na explosão das águas, quando a onda arrebentava e eu saía de lá sem compor. Um poeminha que fosse.

Eu creditava ao excesso de carinho, de afeto, aquele meu vazio.

Ora estender uma colcha verde como forma de me surpreender!?!

Era assim que certa vez encontrei esta cama. Nossa cama com uma capa verde e motivos de dominó.

Era até bonito de se ver. Aos domingos íamos a um parque e ficávamos vendo artesanato por pura distração. Os dois de camisas jeans (estava muito na moda), tênis, bem joviais. O Ray-Ban é ainda esse que trago na mochila. Um Ray-Ban atemporal.

Em zoológico também íamos, mas eu gostava de apreciar mais o céu. O céu do zoológico era o que havia de melhor. Umas nuvens que formavam figuras, bem mais interessantes que apreciar animais em jaulas. Ela? Era pipoca, nestas alturas, com dois macacos a não poder mais.

Eu deixava o Ray-Ban enroscado nos botões da camisa jeans e botava a mão como amparo para poder ver as nuvens melhor. Alheio a tudo.

Eu já tinha o Dick para dar carinho, me bastava de animais. Com a gata nunca fui mais do que protocolar.

Na verdade, queria estar em Nova Iorque ao invés de ficar olhando bichos no "Zoo da Facul".

A vida é mesmo ingrata. Foi a soma de todos estes fatores que nos jogou nesta boa manhã de chuvinha nesta cama assim.

Edredom dividido e a memória a efervescer.

"Recife, amor. Recife! Dizem que Recife é muito bom".

Seu projeto para além de Floripa era isso aí, Recife.

Eu tenho ainda na garagem um jogo de ferramentas: martelo, machadinha, goivo, raspadeira, duas enxadas, pá, um afiador de serrote e um desempenador.

E um caixote só com cartuchos. A espingarda fica na parte de cá, na segurança da casa.

A espingarda em pleno funcionamento ficou de herança do velho Rôze, e que a Glétia, coitada, morria de medo de ter.

Ficou sob minha guarda e sob minha melhor guarda está.

Engraçado e estas coisas antigas com o Clio! Carro do Ano que ela tanto preza.

Eu desprezo o que se dá para abrir a parte traseira para criança entrar. Pouco me importa o Clio e até estes lençóis de algodão. Eu estou nauseado, como decerto andava nauseado o velho "H.G." quando se retirava pra escrever.

Aquarelas de Torre Eiffel. Fitinhas do amor de São Salvador. Havia uma gaveta só com isso: amuletos de Dalila.

Mulher supersticiosa é o que há de melhor. O horóscopo significava pra mim o meu "charuto fedido" para ela. Era eu acender um charuto por puro prazer e ouvir da cozinha o "começou o fedido".

O horóscopo fedia na mesma proporção e, daí, se vocês entendem?, começou o fastio.

Pombas são, talvez, os únicos animais, além do meu falecido Dick, que eu consigo apreciar. Pombas brancas. Pombas pretas. São bonitas.

Bonita também era a minha mulher. Seus seios rijos, a barriga firme, esbelta e juvenil. Eu a confundia sempre com aquela garota de mocassim do conto do Salinger. Sim, aquele de Kentucky Babe.

A barriga de minha mulher. Se entrevista com sua camisa jeans!!!

Kombi azul. Fusca da cor da gemada. Aero Willys roxa e branca.

Eu já gostei de carros. Kombi azul com cobertura branca é bonita como esta pomba que veio dar um dia aos meus pés na praça.

Pomba é bonita.

1, 2, 3, 4, 5, 6, 7, oito bules. 1, 2, 3, 4, 5, 6, 7, oito cadeiras de ferro brancas com estofo marrom. Pouco entrei nesta sala de nossa casa ao longo que aqui vivi. Preferia a biblioteca, os meus discos, a vitrola que eu tinha ali.

A Sinfonia do Novo Mundo, do Dvorak, é a minha predileção.

Mas sou de ouvir de tudo: eu sou fã número um do Tom Waits, do Leonard Cohen, do Curtis Mayfield.

Frank Sinatra canta bem. Pomba é bonita. Eu estou aqui ouvindo a chuva numa deliciosa manhã. A cama morninha, os lençóis de algodão... e esta mulher que só faço detestar.

O assoalho de tabuão da sala também é brilhoso, mas ele é tapado por um tapete em listras justas, vermelho e branco com franjinhas justas. Compra dela.

Pensar que, uma vez, quase se afogou. Balneário Camboriú e aquela ilhazinha em meio ao mar. A praia na sombra por causa dos edifícios e, sol, só mesmo no mar. Queria mergulhar como faz em piscina. Quando vi, Dalila afundava e voltava já sem fôlego. Nadei rápido na profundidade do mar revolto e a consegui puxar pelo pescoço. A trouxe de volta à tona e ela tossiu, desafogou-se e respirou.

Um baita susto. E eu penso neste susto vendo a penumbra da cortina de nossa janela. Quase nada de sombras no quarto. Estamos imersos no escuro enquanto a chuva prossegue.

Gostávamos de praias desertas. Mas praias calmas. Não praias super-habitadas, com sombra de prédios, com o mar revolto.

Sempre gostei de Dalila. Ainda mais depois do afogamento, quando nos apegamos ainda mais.

Ela ficava na sua saleta com os vidrinhos de aquarela, cansava-se de pintar e, sim, lia lá alguma coisa, livros que surrupiava de minha biblioteca, como se eu não pudesse notar.

Notava, sim. Notava só pela lombada que o *Meu Pé de Laranja Lima* iria passar a tarde com ela na saleta num dia de muito sol.

O sol vencia as cortinetas de sua salinha de fundos e, pé por pé, eu podia ver pela porta entreaberta ela debruçada a ler o "Laranja", as aventuras do menino José.

O cotovelo direito em sua mesa, enquanto alisava a longa cabeleira com a mão esquerda. Lia assim, analisando também os cabelos, o livro aberto em frente e uma caneca com motivos florais com um chá preparado. Havia flores no frontal da janela e ela sabia que, ficando ali, não iria me "interromper", me "atrapalhar", eu mergulhado e me afogando na biblioteca.

O livro que pretendia escrever, o romance sobre os Gaspar e Remígios, não saía, e isto tinha a ver muito com o estilo: eu queria "inventar" um estilo, eu queria um estilo com frases curtas, uma frase puxando a outra, meio declamado. Eu queria um estilo como o Jayme Caetano Braun declamava, e queria rechear as passagens dos versos com humor.

As referências eram só duas: o tom da voz de Jayme Caetano e o humor do James Joyce.

"Lave, Maria/ Cheia de graxa/ O sabão é conosco..."

Era este o modelo e o conteúdo era aquela coisa de feno e tal, de fazendeiro seboso que teve tanta terra que mesmo tendo vivido uns 80, não tivera tempo de a todas visitar, tanto era a terra.

Como disse, Dalila me surrupiava livros, e ela particularmente se entregou ao ler aquele com as "matemáticas" do Malba Tahan.

À noite, enquanto saboreávamos mais uma das minhas torradas triplas, ela propôs uma certa equação de números fechados e eu deduzi que era o Malba, do livro que ela então lia.

Fizemos um amor "matemático" aquela noite. Cheio de equações e novas posições experimentadas por puro prazer.

Chove a chuvinha. Eu amei tanto esta mulher que agora me dá asco.

Lentamente passa a manhã e se estende cada vez melhor a mornidão dos lençóis de algodão com o edredom leve e aquecedor.

Eu sei (ela se faz que dorme), já muito não passamos momentos de tão agradável prazer juntos. Eu sei (ela também nutre em seu silêncio dissimulado), ela também sorve com o corpo e a alma esta manhã melhor do mundo: uma manhã de chuvinha no zinco só para nós dois.

Nos odiamos.

A cama ela arrumará tomada deste ódio. Não trocará os lençóis e nem fronhas, sabendo que foi agradável, mas está tomada de um ódio ainda maior.

Estenderá a cama e disporá os dois travesseirões contra a cabeceira, meio em pé, e colocará por sobre o edredom a colcha azul discreta. E disporá aos pés da cama, bem-ajustados e dobrados, os cobertores que estiveram aos nossos pés na agradável manhã.

Abrirá bem as janelas e entrará por fim a claridade, a luz que a chuvinha deixou.

À tarde fará "tempo bom", como se houvesse tempo melhor do que esta chuva que bate no zinco e escorre pelas calhas, dando este prazer tão especial ao nosso ódio recíproco.

Presilha. Torradas. Coleção de pincéis.

Como se livrar dessas memórias, 99% memória a nossa atual relação.

Tudo é memória.

O livro que tento escrever parece refletir a alma de um gaudério, eu, homem fatigado de tanta bibliografia. Eu, tão lido, não passo de um "escritor maragato": camisa jeans de trabalho, lenço vermelho, colorado, o lenço maragato no pescoço a enfrentar a minha crise de criatividade.

O livro não anda, tchê!

Oigalê!, que é coisa difícil este tal de romance!

Um escritor maragato. Um escritor de lenço colorado, as botas fedendo a esterco, e buscando o referencial lá num irlandês.

O humor. O humor é essencial pra que se prossiga em tudo: numa relação há muito finda, o humor para a falta de coragem, o humor para a minha covardia tão eloquente.

Sou um covarde. Sou um sujeito sem iniciativa para chegar e dizer:

"Não me apresilha mais, china velha! Vamos cada um tomar o rumo do seu capão!".

Mas como deixar esta mulher que sabia como mulher nenhuma usar um chapéu?!

Coleção de bules, de pincéis, coleção de chapéus.

Dalila sabia como usar um chapéu. Claro, o cabelo abundante, por interessante que seja, lhe favorecia. Todos os chapéus lhe caíam bem. Um chapéu preto lhe caía como uma luva naquela cabeleira abundante e ela terminava a combinação vestindo um maiô.

Era um maiô também preto.

Era a paisagem humana mais linda neste mundo.

Ela vestida assim, toda de negro, na área branca das dunas da Praia da Joaquina.

Levava os dedos aos lábios. Levava a outra mão ao seio e dizia:

“Bate agora!”.

Eu disparava o botão da minha máquina e a foto logo se podia ver no visor. Era máquina moderna e as fotos ficavam todas magníficas. Houvesse já o Facebook naqueles anos 90 e iria todas postar.

Escondido de mim, claro. Como lia *O Feijão e o Sonho,* as aventuras da Tia Anastácia, surrupiados de mim.

Mulher é meio criança, é muito infanto-juvenil no seu gosto literário.

Interessante é que ficam mulher-mulher na hora de posar para uma foto.

E o inverso também é verdadeiro.

Criança é mais complexa, criança quer ser adulta tanto na hora de ler, como na hora de posar.

Já viram as poses e trejeitos das meninas na hora da foto?

Já viram como os meninos “surrupiam” os desenhos do Caulos, os livros mais pornográficos que na tua estante houver?

Cerveja. *Beer.*

Depois da sessão das fotos nas dunas de Joaquina íamos para um quiosque e queríamos cerveja. Ela era estupenda. Me acompanhava em lata, bebendo direto na lata as marcas mais internacionais.

Havia uma lata que tinha as cores da bandeira da Inglaterra. *Pabst,* coisa assim.

Ao longo, na terceira coroa, o mar espumava, azul, morno, límpido, chamando para o mergulho aquela mulher de maiô negro já sem o chapéu.

A água era morninha como estes lençóis.

No Farol de Laguna ela levou a sua mochila. Estava com o moletom cinza-claro e a sua bermuda jeans.

Memória. Um jeep que andava por entre as macieiras. Um pomar de macieiras também é lindo no florescer. Há entre as árvores essa possibilidade de andar como se na Estrada do Sol. Com uma sonata de Beethoven a observar as frutas no seu alvorecer.

Nunca imaginamos o voo do corvo duas vezes. Isso me intriga.

O voo do corvo é muito belo. É um pássaro altivo, sabe se impor na hora do mergulho. Impressiona porque é um corpo pesado que as suas asas conduzem. Mas o corpo negro é uma lembrança que não volta duas vezes. É uma só.

Diferente da imagem da bunda de Dalila. Quantas vezes a vi. Quantas vezes a imaginei em mergulhos do meu voo de corpo pesado.

Suas nádegas eram perfeitas. As saliências laterais contornavam o valo do meio e eram marcadas pela brancura da proteção dos biquínis e maiôs.

Bela, bela, mais que bela. Mas como era a bunda dela?

Não era nem brisa, nem vela, mas flutuava no mar.

Bela.

Chuvas e nádegas. Ao vencedor, as batatas!

Que seja imortal, posto que é grana.

Mas que seja infinito enquanto dólar.

Um maragato humorado é coisa de se dizer...

Literatura é criatividade. É a pureza de um bem-tirado café antes de servir. Negro, denso, com espuminha, sorvido em xícara branca com motivos da Marinha do Brasil.

De onde Dalila inventou de comprar estas xícaras? De trazer MAIS UM BULE, de querer saltar de rapel??

Mulher louca que amei. Criativa como uma boa frase, humorada como Joyce sorriu.

Como Salvador Dalí sorriu.

Duchamp. Campos de Carvalho!!!

O que mais me intriga é a falta de humor das coisas vistas de cima. Experimentem provar. Passem de helicóptero e sobrevoem uma cidade. É a coisa mais insípida e inodora de se viver. Não há graça nenhuma em olhar casas e ruas embaixo. Não há vida, não há detalhes, não há... humor.

É só um Plano Diretor Urbano visto como uma maquete (e eu ia esquecendo: de cima não há essa chuvinha que dá um tempero todo especial à vida).

Eu amei Dalila por baixo, ao rés do chão, nos assoalhos, nos parquês, nas calçadas de nós de pinho, em carpetes, tapetes e na terra pura. Eu amei Dalila por baixo.

Logo, havia o humor e o prazer.

Senta, Dalila! Senta neste banco de madeira bem-aplainada e banhada de verniz escuro!

Eu amei Dalila por baixo e não tivemos filho.

"Me dá um filho?!", eu disse quando subíamos no elevador. De surpresa, de repente. E eu acho que foi aí o *The End*, que nunca entendi.

Dalila era uma mulher madura, sábia (não ilustrada), poderia saber de suas coisas íntimas e não querer dividir comigo.

Eu cheguei a pensar em sugerir uma ajuda médica, mas nunca me atrevi, pois sou um homem maduro, não sábio (ilustrado), que poderia saber de suas coisas íntimas e não querer dividir.

Acabou ali.

Acabou ali na frase mais difícil e, portanto, a frase mais linda que eu pude lhe dizer:

"Me dá um filho?!"

A frase mais linda de amor. E eu a disse num elevador desses edifícios idiotas, que têm elevador externo, de vidro, para você observar a paisagem lá embaixo.

Puro Plano Diretor.

Não tivemos, assim, filho sanfoneiro, filho engenheiro de edifícios com elevadores panorâmicos, filhos que se sujam de espuma de barbear aos 5 anos.

Não tivemos a delicadeza em casa além de nós, a gata e o cachorro. Tivemos oito cadeiras de ferro, brancas, com estofados marrons.

The Christmas Song eu decorei. E trouxe contra o peito *War Is Over*.

Eu gosto de humor em inglês. Vim de americano, *War Is Over*, quando o fino, o fino trato da ironia é o *humour* em inglês-irlandês.

Swift! Swift!!

É uma exclamação, não a invenção de uma literatura.

Não é uma onomatopeia (Ops!, Plaft!, Che!), nem rima, nem solução.

Decorei errado. *The Christmas Song* emperrou.

D. Glétia era uma figura. Ela, que tinha medo de espingarda, tapou de espuma sua face já murcha. Entrou na sala na Noite de Natal com o rosto coberto de espumas para o riso geral. Agradou principalmente os meninos da prima.

Os dois meninos da prima tinham também, preferencialmente, uma afeição muito profunda pela espingarda que eu guardo.

Eu, sem cartuchos, armava e desarmava a espingarda assim:

Pum! Pum!

Quáquáquá. Os dois meninos da prima se fartavam de rir.

O barrigudo (segredo nosso) não poderia nem saber que o Tio Northon guardava uma espingarda que foi do Rozeno, que foi do Heiurque, que serviu de segurança, quem sabe, às terras do Heiurque na Segunda Guerra Mundial.

Dizem que na Segunda Guerra andou por aqui o John Ford. Que queria fazer umas filmagens nos penhascos divisas do Heiurque.

Depois, coisas de religião e mulher adoentada, o John Ford não pôde vir. Mandaram o Gregg Toland, que era o câmera de *No Tempo das Diligências*, para filmar os milhões do Heiurque. Milhões de terra, Gaspar e Remígios, de nunca se conhecer.

O livro emperra nestas coisas laterais, paralelas: como constituir a alma espirituosa do Natal??

Sanfoneiro de lata.

Um menino toca sanfona, abre uma bocarra e a chuvinha a persistir.

Eu gostaria de um ovo bem estalado, sequinho, no almoço de hoje. Eu gostaria de almoçar ainda ouvindo a chuvinha no zinco com arroz e ovo estalado e só.

Eu gostaria que passasse náusea que provém da presilha, de não conseguir o romance e de suportar Dalila.

Desenharei miniaturas. Erico Verissimo fazia assim: dava o branco? Esmerava no vazio, no insuportável pó do vazio?

Se punha a desenhar.

Eu desenho guarda-chuva, uns rostos espontâneos, quase espíritas, e desenho barcos, barquinhos, bandeironas e bandeirinhas a drapejar.

Eu nunca desenhei só o mapa do Rio do Grande do Sul. Eu já tentei mas falta um pedação. Eu não tenho estilo pra separar o Rio Grande do Sul do Brasil.

Por isso que falei do Recife ao mesmo tempo que uns galhos secos de São Joaquim. Galhos secos de inverno. Coxas bronzeadas de Olinda a Aracaju.

Toda vez que eu viajava pela estrada de Ouro Fino. De longe eu avistava a figura de um menino.

O Rozeno preferia esta canção a todas às outras. E havia mesmo a porteira entreaberta para a lavoura de morangas. Havia que a indústria não permitiria esses extranumerários que o Rozeno pagava aos plantadores de melancia e moranga, mesmo que continuasse pagando salário antigo quando já se vinha em cruzeiros novos.

O Rozeno debatia salários coma Glétia que tava de Lava-Roupa de manhã. Só o Rozeno mesmo!

De relógio de pulso bem suíço, o Rozeno tinha nesse dia puxado do revólver e quase nem tinha jantado.

Ficou com aquele desgosto com a criança, coitado, vivia assim: até parece que a Dalila lhe odiava só de ver!?

Devia odiar era a mulher dele que dava esse gênio pra ela.

Mas tocava odiar era o mesmo. De presenciar as necessidades de pai, desde a voz da afetada, o Rozeno ficando então bonzinho com os dois pequenos do Gaspar, mas nunca bem sincero com a Dalila.

Decerto da Dalila andar dizendo que ele nunca mais ia poder dormir normal. A Dalila dizia que não gostavam dele, porque é difícil gostar de um homem que caminhava andando sem saber.

De onde é? De onde veio? Mesmo comprando a Lava-Roupa, a Dalila nunca lhe perdoou.

Lavando pra ele pela metade, o Rozeno ainda dizia se não era uma coisa triste trazer uma filha mulher assim por filha?

Dizem que o Rozeno sempre quis ter era um homem mesmo. E era agora só a mais triste vergonha criar menina que fazia aos seus bigodes coisas de nem se contar.

A Dalila lembrava a estampa do avô. O Heiurque.

Escrita!

Tinha do cabeleira preta tudo. Pouco mais altinha, e, mais, não tinha o que tirar.

Deus era grande pra deixar o Rozeno vender um churrasco de gado (ele, criador de porcos!) pro Teixeirinha antes de enfartar.

(*"Os Boamar não dormiam porque a Glétia tinha ele em casa. Sonâmbulo, o Seu Rozeno ia ao meretrício pulando a cerca dos Remígios. Embora andassem tentando a Promotoria, não dava pra saber a frequência das saídas dele. Tinha dia que não saía. E, quando saía, tinha a vantagem de não andar dormindo ofendendo"*. Trecho do livro).

Deus era grande, não queria morrer sem tirar dele aquele vício. O corpo morria pela barriga, mas a Glétia sabia que o Rozeno era do coração. Ia morrer por ali, bem certo. E o "pai" (como ela chamava ao Rozeno) andando dormindo.

A Dalila detestava ainda mais ver o pai sonâmbulo. Odiar quem dorme é um ódio maior.

Diziam, porém, que era bonito o que o Rozeno depois contava: que vizinhava estrelas, que vivia vendo estrela cadente, que as estrelas cadentes caíam na lavoura.

Avizinhava estrelas, assemelhava andar sonâmbulo como quem vivesse num eclipse.

Se era bom?

Só não era bom porque a filha menor era gozada na rua por todos.

Que o pai andava dormindo no meretrício.

E que pedia depois pra voltar pra casa.

Ia sonâmbulo no meretrício e pedia depois pra voltar pra casa. Pra levarem ele.

Quaquaquá. Ódio!

Como a Dalila não ia sentir ódio com esta até que era boa gozação?

Para D. Glétia tudo aquilo era um aviso da falta de dieta, que o corpo morre pela barriga, mas o Seu Rozeno iria morrer do coração e das contas.

O cheirinho do café torrado era o melhor de D. Glétia. E o melhor da Dalila era telefonar em tampa de margarina. Grudava na tampa de margarina um fiozinho e ficava vendo gado, como o paizinho que mais odiava.

Que a Glétia tinha uma televisãozinha de esmalte e uma papelada do Ministério da Agricultura entre os seus brinquedos.

O número de cabeças abatidas no país se fixou em 7,5 milhões naquele 1968. Um total ligeiramente inferior ao assinalado um ano antes do Rio Grande do Sul produzir 750 mil cadeiras.

Além do AI-5 e quando pela primeira vez as estatísticas nacionais ficavam mais expostas. As rubricas industriais seriam tratadas mais detalhadamente, pois desde o advento do liquidificador nunca se vendera tanto.

O Brasil já se preparava para 317.646 aparelhos para serem vendidos no valor de um dólar daqueles dias.

Matemática era o ensino fundamental naqueles grotões do Lageadinho e cada operário do Matador do Rozeno, em junho, trabalharia, em média, 236,9 horas para receber de salário 4.319 cruzeiros antigos.

Que o Seu Rozeno ainda se atrapalhava com os cruzeiros novos e cada operário lhe produziu no mesmo dito, citado, junho de 1968, Cr$ 35.852 antigos em mercadoria derivada de porco, sobrando para a D. Glétia, ainda um pouco doente, consumir Cr$ 49,2 em quilos de leite e queijos por ano.

No mesmo período em que o Rozeno Boamar (fumando por seis, como fumava) encaminhava ainda papelada para o Ministério da Agricultura, ele "esqueceu" e não anotou que também abateu galinhas e não só porcos.

Coisas do município: galinhas, porcos. Muitas crianças.

E que o Rozeno fumava então mais por não ter tido um menino.

A estrada dele de Ouro Fino ia já com a porteira trancada, porque a

D. Glétia jurava que ia só usar pílula dali pra mais.

E o Rozeno se perdia então nas contas dos dias dela, e se perdia e fumaria 12.360 cigarros só no pife anualmente e, em termos aproximativos, 12.500.

Era sensacional!

Até na igreja levava um charuto.

Quando tinha prazer, depois do amor, depois de uma hóstia, o Rozeno acendia um charuto. Quando tinha um prazer com a D. Glétia, acendia um charuto. Quando o padre lhe estendia a hóstia, já ficava se babando.

E que corria pra fora da igreja com hóstia e tudo pra não acender o charuto lá dentro.

Contam os Remígios que só uma vez que acendeu.

Ora, se se estimasse em 4 missas a Domingo, totalizando 12 meses a cada ano, 48 missas (e mais a Missa do Galo e algum batizado), chegava a 50 a presença do Rozeno na igreja.

Mas que pelo respeito ao padre era só fumado um charuto lá fora e respeitava só duas coisas mesmo: a igreja e quem se deixava da mulher.

Porque se deixar da mulher "é coisa pra homem muito macho, ou sem consideração".

D. Glétia torrava café e torrava também o milhão de terra do pai dela, o Heiurque.

D. Glétia, por ter herança, "ajudava" pra ajudar a pagar as contas do Matador.

A D. Glétia não era santa, porém, e também torrava quando os fabricantes chegaram com as enceradeiras, aspirador e máquina de lavar.

Dizem que a D. Glétia até torcia que a de lavar roupa ficasse no valor de Cr$ 400 novos e, se não tivesse nenhum incômodo na fabricação, até que o liquidificador velho valia. Mesmo estando novo, e era novo, valia.

Disseram (os Remígios) que junto com enceradeira e outros eletrodomésticos veio da lavoura de moranga e não só do Matador.

Também quererem ter de tudo!!

Rozeno Boamar era casado com a filha desse maçom, o Heiurque, e que o Rozeno tinha o horizonte à sua frente no tempo de peões morenos e índios remanescentes.

Enxergava pertinho o que vinha a acontecer:

ERA O MILAGRE ECONÔMICO, dizia o semianalfabeto bom de contas e ruim de pagar.

Tudo era sensacional quando a Dalila se criou!

E não senta o Rozeno a mão no ouvido da Dalila, uma vez?!

Bueno, bem deste lado. Cadê a foto com a pose de Joaquina que eu queria mostrar enquanto chove?

Misturo o livro com a memória. A chuvinha está fazendo um estrago considerável nesta manhã.

(Pedro Bento e Zé da Estrada. As Irmãs Galvan.

"Abra a porta e a janela e vem ver o sol nascer", definitivamente, não era hoje, não era pra nós).

É que o Rozeno depois se afastou arrependido e que a D. Glétia colocou a Dalila contra o peito e disse, nem foi nada, já passou, teu pai é assim, não paga as contas, me ama, te bate, é tudo o sonambulismo.

E que o Rozeno se afastou arrependido e foi sentar numa cadeira de palhas verdes fazendo perguntas pro peão: Gaspar isso, Gaspar aquilo, o que é que foi que eu fiz??

E a Dalila semeando o cru e amargo ódio que nutriria no futuro pelo pai. Pelos homens em geral, se se pudesse prever.

Cada braçaço do Rozeno na D. Glétia era um monte. Era um Rozeno se atrevendo, porque não chegava mais cavalgando o Heiurque pra lhe defender? O Heiurque já tinha morrido nos 80, o que, convenhamos, praquela época, tinha vivido um tempão.

Que o Rozeno deitava a mão na D. Glétia que ficava rente ao chão.

Amor por baixo. Ela gritava "amor" por baixo da surra que tava a levar.

"Pai". "Amor". D. Glétia é ainda uma figuraça. Chega de mansinho do jeito dela em cada Natal. É capaz de passar um ano longe daqui de casa a cretina, mas é chegar o Natal... É santo. Preparem o quartinho do lado que ela vai chegar. E faz questão que convidem a prima. Afinal, a prima é a única das sobrinhas que lhe sobrou.

As popularmente "mulher burra" o Seu Rozeno chamava mais as Remígios. Daqueles tempos de infância da Dalila a "mulher burra" eram na verdade velhas senhoras sábias que diziam para as filhas, "deixa assim", "salve o teu casamento", "vocês já têm até liquidificador".

E desandavam-lhe o pau nas mulheres como se lidassem com cachaço reinento no Matadouro Boamar.

A mão impiedosa era a mesma. E como era impiedosa também a mão que só fazia as contas dos novos cruzeiros novos, a mão do Rozeno Boamar.

Era muito, muito, muito impiedoso. Ele dizia que guri, embora ele gostasse, era pra criar dando uns cascudos. E ele dizia e exemplificava dando uns cascudos assim em filhos que nem eram seus.

Engraçado, quando ele dizia, ele próprio apanhava da mulher. Os Remígios diziam: que quando ele andava sonâmbulo levou também muito estrompaço da D. Glétia que chegava a sair de noite de batom.

Que a D. Glétia ia no meretrício buscar o sonâmbulo e chegava lá nos cabarés de batom. Que ela não queria deixar por menos, ser menos bonita que as loucas que dançavam e outras *cositas más.*

Chegava de batom e com pena dele. Mas, mais perto da casa, cobria o brim e o couro do Rozeno de tapas.

A Dalila achava sensacional.

O Rozeno, de um dia pro outro, comprou então o Chamborg. Foi com este Chamborg que já conheci a Dalila com aquela minissaia em posição de sentido.

De tudo isso que eu lembro, o Dick, o nosso cachorro, estava junto. O meu cachorro que morreu. O Dick sentava na cozinha. O pelo preto com as manchas brancas com uma réstia de sol aos seus pés e o Dick já envelhecido.

Atrás dessa cena dele antes do ocorrido também com o coração dele ficava o balcão com um vaso de cactos, um prato com tomates pequenos e uma peneira antiga pregada na parede.

Dalila fazia estas ornamentações. Conjugava na mesma tábua de cozinha os mais diferentes temperos: a cebola verde, o alho, a cebola de cabeça, a sálvia, o coentro, e refatiava várias vezes com a faca de cabo de mármore. A faca era afiadíssima.

"Olha aqui pra você", me mostrava levantando a faca frente ao rosto. Usava avental.

O mar, uma onda que o mar sugere ser uma nuvem do céu, forma a imagem de um barco. Impressionante isto.

As mais belas imagens do mundo. Conheci Dalila já linda, as pernas bem-torneadas, usando uma minissaia bordô. Os coxões de fora. As mãos junto ao corpo, como se ouvisse o Hino Nacional.

Eu só queria que ela agachasse, mas ela, colegial, permanecia rígida. Uma perna de encontro à outra. Em posição de sentido.

Ah!!!

A conquistei com os meus torradões triplos. Uma moça assim, esbelta e forte, precisava se alimentar. E exagerava na maionese, no Ketchup, aspergia bem na borda a ser mordida toda essa gordura cremosa. Uma delícia.

Fizemos pela primeira vez amor como o mar que, invejoso das nuvens, forma com suas espumas brancas a imagem de um barco.

Fazer amor pela primeira vez com Dalila foi navegar num barco de espumas parecido com as nuvens do céu.

Penhascos.

Se você vai bem à beira dos precipícios e das terras que foram do Heiurque Gonçalves e depois passaram ao Rozeno do Matador, você corre uma série de perigos.

A puma, o vento, o pedregulho frouxo, os mil metros que se mergulha se lá cair.

"Lá" é Timbé, Santa Catarina.

"Lá", já é Turvo, Ermo, Sombrio. O Triângulo da Melancolia.

Cá, o "triângulo", ora, é gata, Dalila e Northon.

Em manhã de chuva é até mesmo apropriado um caminho estreito, formado por muralhas de pedras e terra de ambos os lados.

Você sabe que a qualquer hora aquilo ali vai desmoronar. Ainda assim anda. Algo como um espírito te faz andar para frente, mesmo sabendo o perigo.

Nossa relação está neste pé: no começo destes estreitos caminhos rodeado de rochedos soltos que podem a qualquer momento despencar.

Separar é entrar neste caminho inseguro e incerto.

Pode-se sair do outro lado ileso. Mas, a presilha, estar no medo do que há no meio do prosseguir???

O único atrapalho numa linda manhã de chuvinha no zinco é a bexiga. Mas eu vou poupá-los de descrever aqui o banheiro. As toalhas brancas e alvejadas ficam para a próxima. Eu já os poupei de descrever o Matadouro, não é?!

Por que, quem sabe, não chegar num entardecer com o céu cor de chumbo, cinza-escuro, num condomínio em Toulouse?

Monsieur Emorine estará me esperando com uma relação de louças, pratos e xícaras em cerâmica e demais utensílios disponíveis no meu "ateliê".

Chegarei com uma gripe do cão e olharei em volta e lá, longe, estarão os Pirineus. Não muito distante estará a Espanha, Cadaques, a cidadezinha onde Salvador Dalí agonizou.

É deprimente, muito triste, ver Salvador Dalí em suas últimas aparições. Mal consegue falar, mal consegue respirar e os suspiros saem aos engulhos do rosto murcho, encovado, os fiapos daquilo que já foi o bigode mais notável do mundo.

Fio do bigode.

Fio do bigode, a palavra empenhada. Eis o que o Rozeno não tinha. Era um cara-de-pau bem-barbeado, sujeito que jamais usou barba, dizem, coisa de sonâmbulos.

Que sonâmbulos, por prevenção, precaução extrema, trazem a barba bem-feita. Justamente para, no momento de crise, não inventar de se barbear. E isso, uma navalha bem-posta, uma navalha bem-afiada, manejada por um sonâmbulo, é convite à jugular.

Resvalar ali e era. Serão só uns "uins" semelhante aos porcos.

Omelete não tem nada a ver com costeleta de porco salpicada com farinha. Costeleta de porco até lhe fazia bem. Acontece que o Rozeno dando adeus à dieta investia demais nos dois pratos. Especialidade da Glétia, eram os dois pratos preferidos do velho Rôze.

Rozeno enxugava o rosto cansado naquelas toalhas pretas felpudas. Glétia tinha em coleção as toalhas porosas e moles e o Rozeno ficava bem-disposto depois de se acariciar com aqueles panos. Não tomava banho inteiro e ia bem-disposto ao omelete, um jantar mais leve.

Provocava o coração e se gabava de nunca ter ido a um médico. O dia em que se enfartou a dieta ficou evidente: um barrigão que esgarçava a cinta marrom combinando com a calça de casimira verde.

Abriram os botões da camisa à altura do peito, mas havia enfartado dormindo. Nenhuma possibilidade de apertar com as palmas em dupla o seu peito já desmedido. Morreu bem estofado e com um sorriso.

Glétia, nessas sestas do Rozeno, não costumava se preocupar. Nesses intervalos de almoço, depois de ter manejado a manhã com porcos, ele gostava de se enfiar na cama e ressonar com as cortinas abertas. Naquele dia, foi justamente acordar o Rozeno, que passara da hora e o encontraria sorrindo. Morto.

Decerto foi nas meninas do meretrício que pensou no momento da agulhada. Decerto foi das suas putas queridas que lembrou no momento em que sentiu a dor mais aguda do coração.

Decerto pensou um pouquinho também em Glétia. Decerto, porque era dedicado, e não só pensou mais porque fora a vida inteira infiel e mesmo não tinha tempo.

O rostão do Rozeno. Aquelas bochechas mais rosa-rubras agora que enfartou.

Estirado com um braço pra fora da cama e a barriga a esgarçar os botões da camisa azul quadriculada. Uma sucessão de quadradinhos brancos. A calça, de casimira, verde; o cinto, marrom.

Nesta exótica combinação ficou enfartado e quase sorrindo. Melancólico. Enigmático.

Decerto foi o seu coração que explodiu em Promissórias, decerto foi seu coração que explodiu em liquidificador, em cruzeiros novos. Decerto foi o seu coração que explodiu ao errar o horário de ser sonâmbulo.

Pensou que ia ser sonâmbulo às 13h45 da tarde e ia sair andando dormindo e foi então que enfartou: se assustou por ter errado a hora, por ter trocado o dia pela noite e explodiu.

O Rozeno morreu explodido em graxa e Dalila e Glétia bem que resistiram.

O Matadouro, não.

O Gaspar não tinha jeito administrativo, era ligado também ao ocultismo e bom mesmo no manejo de chairas e facas. Homem de acertar na jugular, *por supuesto.*

Não dava.

D. Glétia tentou então uns outros Remígios para tocar o negócio. Mas era gente sem óculos, de poucas faculdades numéricas, uns peões ótimos para o feno. Eram muito bons para a lavagem das calçadas com o mangueirão. Jamais iam negociar com um frigorífico. Imaginem. Jamais ia um Remígio fornecer direto aos mercados atuantes. Sabiam lá quem era Delfim!?!

O Matadouro sucumbiu. Em pleno Milagre Econômico quebrou total.

E foi quando Dalila começou a implicar, a mostrar má vontade, a pronunciar mais seguidamente a palavra "prejuízo".

Os negócios da família em plena decadência e eu organizando antologia da minha geração.

Que homem era esse que ela teria em casa?

Jovem, tão forte e inteligente, ia continuar vivendo de versos, falando em Jornal do Brabil???

Era a decadência do Matadouro e o primeiro sulco na consistência da relação.

Na doença, na morte, na alegria e no descanso. O fato é que a partir de então a família se tornou urbana.

D. Glétia veio morar perto da sobrinha, comprou um lugar com boa casa e lote e passou a esperar o leilão.

Se o Rozeno nunca se preocupou com a aposentadoria de ambos, era a hora de torrar o dinheiro do leilão.

D. Glétia era prática na hora de torrar: torrou muito em liquidificador e Lava-Roupa. Iria torrar agora com maior satisfação.

D. Glétia, na cidade, D. Glétia nos visitava com muito mais frequência.

E nos visitava, e nos visitava, e eu apresentava as minhas torradas triplas para ela, com o meu maior prazer.

A palavra "prejuízo" era pronunciada por aquela boca ali e, essa minha atenção com D. Glétia, "somava" pontos junto à Dalila.

"É um prejuizinho, mãe, mas deixa ele lá com os seus versos".

Dalila andava irritada porque eu não tinha um emprego mais "normal", ao invés de ficar na biblioteca já naquela época.

Eu, ao invés, pensava era em como manter o fusquinha na crise do petróleo de 1974.

D. Glétia, decerto, queria um iate.

Um iate.

Ter um iate em praias como Búzios, com aquelas montanhas de fundo, era o que a Classe Alta mais desejava.

Eu garatujava barcos, velas, iates e também estes rostos que vêm na hora, meio que tomados de um espírito que não sei de quem?

O rosto de D. Glétia era facílimo de desenhar: com nariz aquilino, mais as lentes minúsculas dos óculos, o queixo que eu bifurcava num puxão. Facílimo.

Sei que os rostos nascem prontos, estranhos, como que psicografados.

E eu investi nisso. Como já me entreguei às garatujas do nada nas horas do caos total: no branco da página, no instante do não ter história pra contar.

História é tudo e não há rosto que as supere.

Um rosto pode não ter história. Não há história, porém, sem o fato.

Houvesse então um leilão de histórias, em que pudesse ir no fórum e comprar histórias em lance maior.

O fórum é o maior depósito de histórias que existe. Um fórum, se quiserem, dá um Nobel de Literatura. São histórias humanas, dramáticas, histórias em estado latente e implicativo, que adentram nós fóruns todos os dias.

Os arquivos do fórum dão um romanção que nem o Flaubert poderia compilar. Por mais que se esmerasse no trabalho, se escravizasse feito um Bolaño, não daria conta disso.

Não, não daria.

O sentimento do fórum. O sentimento que a Poesia Concreta não tem.

Centros Espíritas também são bons (não pagam impostos), mas de lá eu já tenho os rostos. Rostos prontos.

Quero histórias. E vivo mesmo é de olho nos fóruns.

Eu vivo mesmo pensando no ideal leilão de dramas humanos.

Crises de casais. Intriga de vizinhos, arruaças e crises.

Crises por tela de plasma. Houve incontáveis "prejuízos" em nossa casa porque vagueiam ali dois ursos animados.

Os meus ursos animados de hoje são o Jornal do Brabil dos 70.

Dalila implica com isso.

Dalila implica, desdiz, vocifera hoje com estas estradas interioranas emburacadas.

Antes, me dizia, deixa pra lá o "Planeta", que o "Sistema" andava por si.

Há uma inversão de valores: eu pessoalizo mais o que escrevo e Dalila pinta aquarelas com as alunas do CAS.

Notes of a Dirty Old Man.

Quando tua mulher se torna preocupada (na verdade, recriminadora) com essas coisas banais da administração pública — estradas vicinais, CAS — é hora de você virar também um "sonâmbulo" como o velho Rozeno.

É. Fazer como o velho fazia. Andava andando dormindo para não dar na cara que era infiel.

Bukowski é pegajoso. Bukowski é contagioso.

Fuja de Bukowski. É a coisa mais fácil de imitar. No entanto, é só ele, é só dele aquele estilo. Qualquer tentativa de segui-lo soa ridícula.

Fuja de Bukowski, o pegador de incautos e incautas.

E fuja também de Hemingway.

São os esparadrapos da literatura. Deus me livre tatuar qualquer destes estilos em minha parca mão.

Eu quero inventar uma outra coisa que soe banal, mas que seja o meu jeito: um estilo em que jamais entre, por exemplo, uma sigla. CAS – Centro de Assistência Social.

A sigla é o fim de qualquer bom romance, um passo atrás até da Poesia Concreta.

A sigla é o elemento mais destituído de sentimento, o movimento mais tabulado para qualquer escritor. Nem Dalila em suas sofríveis e intragáveis telas jamais chegou a ousar.

Desenha-não-desenhos, mas em siglas não chegou.

Não-desenhos é tida a pintura abstrata (uma obviedade), mas eu quero dizer não-desenho = não sentimentos.

Ah, mesmo Iberê abstrato não me diz um centavo.

Nem esta aquarela com barbantes horizontais, com cores diversificadas, de Dalila me diz algo.

Dalila dorme.

Dalila dissimulada aqui ao meu lado, enquanto a chuva cai.

Faz bem pensar numa rede amarela estendida num casebrezinho de fundo de mato. Passar uma semana ali. Na sombra, no bem-estar do puxado que se estende para além dos janelões.

Como a madeira deste casebre foi torneada com bom gosto!

Casas sem pintura sempre ficam bem.

O Matadouro sempre foi de tabuões ripados. Permaneceu naquele estilo rústico até quando foi a leilão.

Havia um notório truque do Gaspar em marcar com a unha os mesmos naipes de cartas na canastra.

Ele via o riscão de unha em cada carta e se eximia de comprar.

E o Gaspar avançava então na mesa e dizia que estavam fazendo "leilão".

Cada um lá tem os seus critérios, os seus truques. O meu é ao selecionar os bons livros.

Há em nossa sala, ao canto, uma mesa menor onde habitualmente eu deixo os livros recém-comprados. Acima da mesa um mapa-múndi, cercado de duas luminárias. A mesota, reformada, trazida do Matadouro, tem a superfície em verniz e, depois de lixados por Dalila, os apoios repintados de branco.

Forma um belo conjunto com os livros recentes de capas azuis: *Nove Estórias*, do Salinger; *2066* (inevitável) do Bolaño.

O meu truque consiste em ir na página 100 destes livros e coloco ali o "riscão" do Gaspar. Isto é, a minha rubrica.

Livros de menos de 100 páginas, como se vê, já nem entram neste crivo. É um critério. E há outros romances menores. Outros livros de poemas menores. Coletâneas de crônicas constrangedoras...

Embora esta pré-seleção (sobra o Salinger e o Bolaño, óbvios), eu acabo como o pai da minha primeira namorada: comprei? Tenho de ficar.

Bruna Beber.

Levarei na mochila Bruna Beber. Lerei no avião. É o meu projeto ideal de, quem sabe, sair na batida, em retirada.

Não posso pensar o que penso nesta chuvinha da manhã.

É injusto para ela (um pôster do Alain Delon, óbvio, teria de ter na salinha dos fundos) que eu remexa em suas gavetas, fale de sua mania de não usar sutiã. Recrimine suas aquarelas.

Enquanto a chuvinha é densa, os lençóis ficam mais quentes e aconchegantes.

Não há prazer maior que refazer a vida ou reencontrar a vida, o fusca, a desistência de um livro, a gata que ronrona no pescoço de Dalila, enquanto a chuva cai.

A ideia de receber intercambistas aqui em casa, por exemplo, é insuportável. Dalila agora cismou de receber uma menina do Canadá.

O Clio, a menina do Canadá e suas aquarelas se tornaram insuportáveis. Odeio com todas as minhas forças estes cuidados com a gata, a fisioterapia de Glétia ("a mamãe agora está nadando").

Estupor.

Eu preciso sair deste entorno de coisas médias, eu preciso romper esta presilha com os meus próprios dentes.

CRAZZ!

Rasgar com força esta presilha.

Puxar contra o peito, as duas mãos em sentidos opostos e arrebentar ao meio esta presilha que só me inquieta.

Outro dia, Dalila deu uma geral na louça. Dispôs na mesa da cozinha pratos, pratinhos, pratos fundos, baixelas. Dez montes disso e tudo da mesma cor.

Lavou o que estava guardado, "limpos, mas guardados".

Eu considerei uma perda de tempo total. Preenchimento de ócio, preenchimento do ócio de um amor falido.

A canção de *Romeu e Julieta*, de Zeffirelli, até fica bem na biblioteca com a chuva, mas não devo sair daqui. É tão aconchegante esta cama em manhãzinha de chuva, que ela só pode ser abandonada por um evento crucial, definitivo.

Um pouco do que mostrava o licor do Rozeno depois do enfarto era porque ele havia bebido licor antes do porco. O Matadouro inteiro também pensava que uma das grávidas do cabaré era de um filho dele. E que esta menina sentiu desejo de comer cabrito, mas tinha de ser cabrito do Piauí.

Que durante o enfarto do Rozeno essa gravidazinha se apegou à chefe da casa, uma senhora de cabelos loiro-alaranjados e que adorava calças de brim bem justas.

A banha matou o Rozeno. A banha e a graxa foram direto ao coração.

A morte vem pela barriga, mas desta vez era a vida que iria vir. Deixou a garota "prenha", o Matadouro só falava disso. Que era por causa de São Cipriano (o Gaspar era ocultista) a morte dele também. E que o Rozeno não valia um pau de fósforo, em resumo.

Que dessem um Cardiazol pra acalmar a menina, dizia a cabelo alaranjado e calça bem justa.

O IBGE exigia tudo nos prazos e o Rozeno morreu, a bem da verdade, por isso. Temeu perder o Matadouro e o emprego que dava pra eles e viu também por água abaixo o que produziria de manteiga.

Tinha planos o Rozeno. Nem Glétia sabia disso.

Como não aproveitei mais deste meu sogro!? Sabia como fizeram 44,4 bilhões de carambolas os 17 maçons bilharistas enquanto o Jango não assumiu.

Era um fãzão do Brizola.

O Rozeno lembrava que o que mais sentia é que não foram pro fuzil. Ficaram uma semana jogando snooker à espera do, "Vâmo lá meu Povo", do Tio Briza.

Dizia que a posse do Jango foi mais feita a canastra, cachaça e bilhar.

Ah, Rozeno!

História com rostos e eventos, estão vendo?!

É simples: tem de ter uma história pra contar. O rosto, pode ser até de pau.

Certa vez, Gepetto, que era um senhor muito bondoso e criava brinquedos, criou um boneco. O Gepetto, porque vivia muito triste, parece que foi abençoado e viu no nascer do dia que o Pinócchio falava com ele.

Mas havia uma condição: o Pinócchio tinha sido abençoado e nunca poderia mentir, ou o seu nariz cresceria.

Não ia crescer o nariz da guria que vinha "prenha". Ela não ia inventar que era do velho se não era do sonâmbulo o filhinho dela.

Não mentia ela. Não mentiria a dona da casa do cabelo alaranjado.

Ah, Rozeno do meu romance emperrado.

O Rozeno dizia que só porque o Pelé fez mil golos fizeram até um selo dos Correios. O Seu Rozeno dizia que o Pelé era um "desgramado"!!

E acrescentava:

Coitado do Andrada!

O Seu Rozeno tinha pena e dó de gente de longe, mas também

atendia em vida os muito de perto. Esses Remígios eram uma segunda família pra ele.

O Seu Rozeno dizia que o primeiro selo foi "umedecido" em 1840.

Parece até mentira, mas o Seu Rozeno fez falta. D. Glétia se tornou urbana e a Dalila acabou seu casamento.

Árvores secas no inverno formam um belo conjunto. A ausência total de vida, os galhos em simetria, sem folhas, sem flor, sem um mísero pássaro que pouse.

A primavera vem mudar isso. O germinar dá às mesmas árvores antes mortas o colorido dos brotos, um florescer mais prematuro no topo da árvore em contraste com a germinação ainda atrasada junto ao tronco. Mas é o preenchimento do vazio com os brotos.

A relação de um casal deveria obedecer esta lei da natureza: depois da secura conjunta de galhos, o seguir-se de uma vida que explode aos poucos como se fosse o enfeitar de brotos os mesmos galhos sem vida.

A relação de um casal devia seguir o rigoroso inverno por esta sensação de beleza que a árvore traz. O verde, o rosa dos brotos, o amarelinho nascituro daquele ipê.

Eu não faço aquarelas para espantar o meu ócio, o meu vazio. Eu prefiro as gravuras com humanos, os tipos mais diversificados que possa haver no mesmo quadro: o senhor sentado na poltrona de blazer bordô, com pulôver vermelho por baixo e calça de feltro marrom. Sapatos também marrons e meias de algodão.

Gesticula para um garçom à moda marinheiro, cujo chapéu de marinheiro é vermelho. A roupa restante, a indumentária é toda em azul-claro, inclusive a bandeja que traz dois pães de queijo.

Sentado no chão deste hall de hotel um inusitado jovem, trajando executivo na parte de cima e calça de marines com sapatos pretos bem-lustrados.

Desce a escada um mascate com duas malas e vestido inteiro de cinza-claro, à exceção do chapéu marrom.

Fazendo pose no meio da escada um artista pop, todo de negro, o que parece ser o vocalista do U2.

Na minha imaginação, que parece ser a cena que antecede a minha chegada em Toulouse, vejo o prenúncio de uma situação em que já não trago o ódio.

A gravura parece ser a cena de alguém que se aliviou, que deixou para trás a sensação de opressão, de presilha eterna a que estava confinado.

Os detalhes desta gravura são: no corredor de cima da escada, atrás do pop star, afixada nas paredes estão: um candelabro com vela acesa. Um velho relógio com ponteiros marcando 7h55. Uma careta de Madonna e um rosto sensual de Marilyn Monroe. Uma puma com seus dentes à mostra. Uma casinha tapada de neve no topo de um morro com a lenha providencial ao puxado anexo. Sai uma fumacinha tênue da chaminé no alto desta casa rústica. Uma propaganda de Budweiser.

Na parte inferior da escada, às costas deste homem de blazer bordô (parece ser o típico professor em um congresso), há vários esboços de manequins feitos a lápis. Parecem ser a "cortesia" de algum fashionista que se hospedou por ali.

O assoalho é todo de madeira muito fina, estreita e, na parte inferior direita desta gravura, há uma assinatura ilegível, que borra também o mês e o ano.

Distração.

Só pode ser distração deste gravurista ter posto na bandeja dois pães de queijos, quando se sabe que, às 7h55, em qualquer hotel, há uma sala para o café da manhã.

Mesmo assim, o hall de hotel parece ser aquelas entradas de hotéis espanhóis, com muita madeira e recebendo algum "mascote" da Catalunha.

Hemingway, assim como Picasso, gostava de touradas. Tiravam das touradas muito de seus motivos.

Há uma foto de Picasso nas touradas, altaneiro, participando como um torcedor de organizada de algum momento considerável do toureiro.

Há também uma foto de Hemingway, altaneiro, numa tourada.

O que há com as touradas para deixar homens como estes assim?

Não farei aqui, claro, uma explanação detestável sobre a impotência de Hemingway (ele estilhaçou o saco na Primeira Guerra Mundial com uma bomba que recebeu em cheio), comparando-o aos seus toureiros decadentes.

Nem farei aqui a detestável comparação de Picasso com o minotauro, que ele se movia no ato da criação com a inteligência do homem e a força do touro.

Ah, esses "manuais" e biografias de obras e autores são de longe a mais arrematada idiotice!

A distração. É só distração.

A distração é fundamental em certo momento em que a escrita emperra e você precisa respirar, sair do ambiente, ir ver coisas, caminhar, ir se distrair com coisas envolventes como uma tourada, que é adrenalina, perigo, força, violência, tudo aquilo que o merda de um escritor não tem no seu ato criativo.

O ato criativo é uma coisa monótona, mas que ao mesmo tempo exige a memória e exige que esta memória seja violentamente puxada, que esta memória seja pra frente, em volteios de capa, que não seja estática e que você deve prosseguir e deve tirar os teus motivos e clarear eventos passados, dizia Hemingway, antes que o poço seque.

E a distração, o simples ato de abandonar o papel é, às vezes, o motivo posterior para bem você prosseguir, se estiver num lugar bem limpo e iluminado, e que não haja ninguém para atrapalhar.

Distraído, você então prossegue nos momentos posteriores.

A tourada era a distração. E, é claro, ao voltar ao hotel, reabastecido, Hemingway escreveria três contos sobre touradas em fila.

É a distração, é o observar, é o afastar-se da tentativa de romance o que mais ajuda na progressão.

Insistir é o pior erro quando emperra.

É melhor se deixar ficar na cama. Na vigília dos pingos da chuva, do que se arriscar à página em branco sem ter mais nada para dizer.

É a distração, é o observar, é o fazer deste observar as tuas tripas e coração "ser altaneiro!!!" que você abastece o poço para poder continuar.

Observe. Observe que a memória acolhe.

Viver é memória. Relação é memória.

Eu lembro de um velho balcão do Rozeno em que ele guardava uma coleção de soldadinhos de chumbo enfileirados. Abaixo dos soldados, uma vitrola média, ao lado de duas bolas de bocha bastante usadas e, acima de tudo isso, dois vasos brancos com flores do dia postas por minha mulher.

Como não convivi com Rozeno, adolescente, apenas o observava de longe, tudo isto são pedaços de memória concreta em que me abasteço dele.

Suponho estas coisas reais nele nas coisas que Glétia guarda.

Memória é imitação.

Eu acho muito ridícula a imitação de memória. Há uma cena do filme *Grease*, em que jovens de uma periferia americana, todos de preto e jaquetas de couro, levantam os punhos e dobram as pernas e gritam "*Yeah*!"

Aquarela de Dalila.

Dalila também faz Uma Thurman em *Kill Bill* numa aquarela azeda de tanto amarelo.

É bem nisto que se encontra o estado do meu romance sobre o Rozeno: a imitação do Rozeno, que conheci pouco, na memória me atrai, especialmente o seu semissorriso de enfartado.

Não avançar daquela barriga esgarçando os botões emperrou a escrita. Há uma tendência depois dali em mudar o estilo da escrita e que não pode haver. Isso será como mostrar como o relógio funciona por dentro. E o bom romance dá apenas as horas, dá o seu tempo de forma prática e precisa. No hall do hotel são 7h55. Não há por que mostrar a engenharia interna daquele ainda bom relógio antigo.

Mas aí reside o segredo de se chegar na essência da escrita: evitar a imitação juvenil de *Grease*, azedar de amarelo a cena de *Kill Bill*.

Decerto pensava nas meninas da putaria o Rozeno quando enfartou. E será que as unhas crescem no enfarto? Será que na hora que estrebuchou seu coração as unhas deixaram de crescer? Balbuciou "Glétia", ou apenas sorriu irônico?

E os olhos azuis, vivinhos. Não morreram?

Costela de porco com farinha o enfartou. Seu enfarto total, esgarçador de Ban-Lon por baixo de camisa.

O Rozeno, de certa forma, enfartado e esgarçando a blusa de Ban-Lon, repousa aqui ao meu lado. Dalila é o Rozeno e é aquele enfarto na manhã de chuva agradável.

A odeio. A posição em que agora estamos é semelhante à do enfartar. Enfartamos os dois e nossas unhas será que crescem? Enfartamos os dois e será que trazemos esse sorriso irônico, de canto, sorriso de pronto, deu, estou indo sem Glétia mais, minhas putas e afins??

O enfartado sonâmbulo somos nós.

Será que pensamos na hora do nosso enfarto nos porcos, nas lavagens dos porcos, nos chiqueiros com miolo de melancia que as tábuas e cochos exalam??

Será que trazemos em nosso enfarto os Remígios, a Jada, Gaspar, os Sônes na jugular de leitões e porcas??

Essa "Vinhas da Ira" inteira está em nosso enfarto. O copo de cólera na hora de enfartar.

O céu azul, o camping, a camiseta em seu corpo e a cabeleira abundante é o enfarto que o Rozeno nos dá.

Será que o Rozeno ainda ouvia na hora do enfarto? O que ouviu, o que lembrou? Enfartou, caiu o seu braço de lado e fez também seus "uins", "uins", como um porco morto-vivo o Rozeno enfartou. Gemeu ainda depois de morto? Gemeu ainda mais? Clamou perdão? Não assumiu as promissórias, será que o Rozeno, na hora que enfartou, não mandou tudo a puta que o pariu?!?

Decerto que sim. A puta que o pariu ele disse e depois sorriu entre zombaria e satisfação.

O Rozeno se enfartou se lixando. O Rozeno se enfartou porque morremos pela barriga e ele morreu de coração. Andava dormindo. E nós, Dalila, não andamos dormindo há tanto tempo em nossa relação?

Andando dormindo como forma de escapar. Nós dois, agora, andando dormindo enquanto a chuva cai. Andando dormindo em vida e enfartando no final. Não é de zombar? Não é de deixar um sorriso cínico no canto da boca, deixar os lábios semiabertos como em aprovação??

Morri e aprovo, quis dizer o velho Rôze.

Morremos e aprovamos, queremos dizer nós nesta presilha em que nos encontramos. Tiveram de afrouxar a cinta do homem. Tiveram de afrouxar a cinta do homem na hora do enfarto fatal. E estrebuchou, não houve baba, enfartou em seco, tanto que sorriu.

É bem isto: não babar no casamento estuporado, deixá-lo em seco, que se enfarte com nosso sorriso cínico, com nossa pureza malvada, com nossa satisfação no morri.

Morreu. Morremos. *C'est fini. The End.* Foi-se pro escambau. E a blusa de Ban-Lon de nossa relação estupendamente esgarçada, a blusa de Ban-Lon que é a nossa presilha estupendamente, humanamente, esgarçada, inchada, além das contas, quase a explodir.

Tudo isto é morrer pela barriga e a ironia é que foi o coração.

É muito semelhante: acabado o amor, separa-se. É morrer pela barriga. Mas continuar, apresilhar-se, insistir, é morrer de coração. É ainda acreditar neste pobre, frágil, indefeso coração. Continuar é empanturrar-se de costela de porco, com sua graxa, polvilhar de farinha, o que a dieta diz que não.

Permanecer na relação é lamber-se da banha, é trazer aos beiços a costela gorda e ainda enfarinhar. É pedir pra levar.

Deus, ao sexto dia, ao criar o enfarto, pensou em nós, Dalila. Deus, na sua infinita bondade, pensou em nós ao criar o enfarto: pensou presilha e nos deu o enfarto.

Foi Deus quem, no sexto dia, fez esta estripulia por nós.

Enfartarei ainda um dia o Rozeno e isso serviria como a parábola da separação. Deus era sábio. Rozeno era velhaco e Glétia uma inocente útil. As meninas da putaria. No meu romance, gritarão, OLÉ! As meninas da putaria com o Rozeno sonâmbulo, estas, estas não irão chorar. Darão graças ao lado do corpo gordo. Darão sua solidariedade no momento final. E a Glétia que suporte este evento da tumba dela. A Glétia, mulher frágil, que suporte as pinceladas de Pablo Picasso, a escrita concisa de Hemingway.

Tudo, ao fim, é uma tourada em que o toureiro enfarta só. O Rozeno estava bem sozinho na hora em que morreu. Decerto ainda esfregou o mãozão no peito por cima do Ban-Lon, decerto lembrou de Glétia, mas para que chamar? Sabia que era a hora, a dor era a maior dor de Deus, incomensurável, era a dor de todos os pés descalços, era a dor dos suores, era o odor dos cochos, dos chiqueiros, era os Remígios vindos com suas melancias, abóboras, morangas e gilas em meio a um campo de milho que é a alucinação que o sujeito sofre bem no momento de enfartar.

Daí que sorriu: lambuzado de porco sorriu de felicidade.

Esta é a mensagem da chuva que nesta manhã acolhemos, Dalila.

Esta chuva que nos retardou na cama foi o nosso enfarto.

Enfartados estamos e é hora de sorrir: cínicos, impiedosos com a sorte, zombeteiros com um possível horizonte, asquerosos, juntos e sós.

Nos odiamos e esse é o sabor do sorriso de nosso enfarto.

Enfartados sob o edredom. Enfartados de chuvinha agradável. Enfartados, enfartados, enfartados, OLÉ!

Decidir?

Como se decide?

O Rozeno na hora das Promissórias decidia-se por um "& Família".

Não vamos entrar nesta agora, não é Dalila?!?

Não sairemos mais pela tangente.

Basta de natais! Não basta de aquarelas? Chega desta gata com petiscos por aqui. Tomando conta da casa, sendo seguida por ti.

Ao enfartado, o sorriso cínico.

Deixe levantar de tudo isso aqui. Deixa que eu rume, que eu vá, deixe que você me suporte sem saber o que há, o que fiz, onde me dói, Dalila.

Uma moto na Estrada do Sol supercarregada. O motoqueiro olha no retrovisor o meu fusca da cor da gemada. Leva sacos e mochilas na carona. São sacos e mochilas da cor bege desbotada. Era o "tempo do exército" e nos pusemos a imaginar. Seguiríamos com a nossa barraca de camping. Nos esperava um dia de sol com sol entre os galhos dando um lindo matiz. Éramos tão felizes, Dalila!

Éramos tão felizes!!

Certa vez, te surpreendi nua lavando a louça na pia. A louça que esperasse, fizemos um longo amor.

Outra vez, você enfeitou com recortes de papel em longas tiras a porta de nosso quarto. Colocou uma grinalda e disse, "veja se não estou linda, amor?!"

Estava linda, Dalila. Você sempre foi o mais lindo amor do amor.

Tuas posições de yoga, tua camisa jeans. Teus tênis brancos, desgastados, tua forma de morder a maçã.

Teus cabelos negros, negros, abundantes, nosso furgão com tapete azul estendido, coisas tuas em mim.

As louças, alguma luz (de tantas luzes!), na memória. Lâmpadas amarelas, tua prima, as meninas, os meninos, o idiota do pai desses aí.

Como esquecer nós remando, atravessando o lago e você a sorrir ofegante. Havia uma água calma, você de macacão de jeans. O moletom cinza-claro por baixo das alças e teus cabelos abundantes nas mais lindas tranças que já vi.

Dalila e seus vidros de conserva, seus potezinhos de tempero. Dalila que, sob uma réstia de sol daquele albergue em que ficamos, chamei de "meu amor".

As torradas triplas, nem se fale.

A ajuda que demos ao garoto dos passarinhos que te disse, "Ajuda, dona. Este dinheiro é pra minha avó".

Dalila querida, bondosa. O que você fez mesmo da aquarela da última semana de abril?

"Ficou linda, amor". Eu disse.

Pena que dessa aquarela até já esqueci.

Ao lado do cobertor uma caneca com o café feito por ti. Depois daquele abril da aquarela já fez muito frio. Eu lembro. Saímos os dois agasalhados para o último Woody Allen.

Você lembra?

Você lembra que na estátua da praça o chafariz alcançou Virava o vento e você falava dos respingos da água, a coisa mais banal.

Você lembra que nunca atentamos tanto para a chuva como nesta manhã, Dalila?

Você percebe que estamos aqui, inertes, dissimulados, no morninho da cama, enquanto a chuva cai?

Dalila continua dormindo. É bem possível que sim.

Por fim, decido.

Levanto num gesto decidido. Vou direto ao banheiro, pego a mala, a mochila, confiro os dólares e está bem. Protejo os dólares em um plástico e vou ainda à janela de trás.

Pela cova do Dick a chuva escorre. Lanço ainda um olhar para o quarto e me encaminho pra sair. Fecho a porta de nossa casa devagar. Saio sem nenhum sentimento. A chuva persiste. A mala, a mochila, minhas roupas e meu cabelo encharcado.

Ando na chuva.

Na sala de espera sou alvo de olhares. Um pinto molhado com a passagem na mão. Estivesse Glétia aqui, já me diria: "Como se molhou assim? Você vai gripar!".

Os cuidados para o voo são os habituais. O avião desliza na pista, pega velocidade e acelera, acelera, levanta voo.

O avião sobrevoa, faz um giro, toma a rota, sobrevoa a cidade.

Olho pela janela. Casas, ruas lá embaixo. Sem humor.